सपनों के झरोखों से

AF740877

डॉ. दया संघल

pblishing.com
write · share · connect · publish

An Imprint of

MAPLE PRESS PRIVATE LIMITED
office: A 63, Sector 58, Noida 201 301, U.P., India
phone: +91 120 455 3581, 455 3583
email: info@maplepress.co.in
website: www.maplepress.co.in
Go to www.maplelibrary.com for more e-books

सपनों के झरोखों से *by* डॉ. दया संघल

ISBN: 978-93-88304-54-2

10 9 8 7 6 5 4 3 2 1

Cover Design @ Priyanka Nagpal

समर्पित

नारी मन:शक्ति को

विशेषकर मेरी माँ की कर्मठता,
धैर्य और सहनशीलता को
जो सदैव मेरी जीवन-शैली की
आधार-शिला बनी रहीं।।

क्रममाला

कहानियों से परिचय v

अनुभूति viii

अपनी बात ix

1. बदरंग-इंद्रधनुष 11

2. बुआ 18

3. दोबारा 33

4. चाँद माँ 44

5. नानी 57

6. गूंगी बहरी 66

7. छठी अंगुली 82

8. वो आँखें 108

9. तुषा-तुषार... 127

10. अहसान-ए-अहसास 134

11. अनमोल गुनाह 164

12. कुछ लेखिका के बारे में 174

कहानियों से परिचय

1. कभी रूठने और मनाने के बीच का समय ही दगा दे जाय और मनाने का अवसर ही ना मिले तो! जीवन कोई मात्र सिक्का तो नहीं जिसके केवल दो ही पहलू हों। इसके तो अनगिनत आयाम हैं जो सीमाओं के कायल नहीं। जीवन के ये अछूते पहलू किसे, कब और कैसे चौंका दें, भला बताया जा सकता है?

–बदरंग–इंद्रधनुष

2. एक ही परिवार में पली–बढ़ी, लेकिन कितना भिन्न रहा उनका जीवन, मानसिक सन्तुलन और आत्म–विश्वास! साथ ही मन के तल पर जुड़ी रह कर– क्या कुछ नहीं कर डालती एक दूजे के लिए!

–बुआ

3. कहते हैं लड़कियाँ बेल की भांति होती हैं, उन्हें बढ़ने–चढ़ने के लिए सहारे की जरूरत होती है।

यह भी सत्य है कि बेल और लताऐं भी वृक्ष की भांति अपनी ही जड़ों से जुड़ी होती है, पोषित होती हैं, जीती हैं, फूलती और फलती हैं।

लड़कियाँ स्वयं की सामर्थ से ही समाज में दो परिवारों से जुड़ी रह कर समाज के ढाँचे को बनाये रखने की क्षमता रखती हैं।

–दोबारा

4. एक पुरुष के जीवन में पाँच नारियाँ- माँ, पत्नी, दो बेटियाँ और एक प्रेमिका। क्या वह संतुलन निभा पा रहा है? कैसे? किस के सहारे?

-चाँद माँ

5. पहले नानी के साये में और फिर नानी की यादों के साथ पली-बढ़ी लड़की की जीवन-यात्रा। अब बेटी की बेटी में स्वयं प्रतिरूप देखकर स्वयं का नानी बन जाना भा गया उसके मन को।

-नानी

6. क्षमा मांगने और क्षमा कर देने का अवसर मिलना सौभाग्य की बात है। चूकना नहीं चाहिए। एक हादसे को अपनी क्षमता बढ़ाने का अवसर बना कर, जीवन में आगे बढ़ जाने पर भी, वह कैसे चूक गई?

-गूंगी बहरी

7. जब पसंद- प्यार और जुनून बन जाये तब भला कौन सोच पाता है कि क्या सही और क्या गलत! जीवन धारा में बहना और फिर कहाँ से कहाँ पहुँच जाना, कुछ भी तो अपने हाथ में नहीं रह पाता। जहाँ भी पहुँच जाते हैं- बस वही कहलाती है मंजिल और उसी को कहते हैं विधि का विधान।

-छठी अंगुली

8. पति के निरन्तर तिरस्कार को झेलते हुए भी कभी शिकायत ना करना, मेरी नायिका की जीवन-शैली का एक तरीका है, कोई कमजोरी या मजबूरी नहीं। समय आने पर कितना साहस

पूर्ण और कठोर कदम उठाया था उसने, वह भी मात्र दो आँखों के प्रभावशाली संवाद से!

-वो आँखें

9. क्या अर्थ है माता-पिता के प्यार का? क्या यह प्यार कर्तव्य के बदले में अधिकार है??

क्या सन्तान को अपना जीवन अपने अनुसार जीने की स्वतन्त्रता, स्वच्छंदता का पर्याय है??

-तुषा-तुषार...

10. परिस्थिति वश कहीं अनजान स्थान पर भेज दिये जाने पर भी सोलह वर्षों के अंतराल में सभी के दिलों-दिमाग में जीती रही। लौटी तो परिवार की आत्मा बनकर।

-अहसान-ए-अहसास

11. "कहने" में वर्णमाला के सारे अक्षर "क" से "ह" तक का ज्ञान होना आवश्यक है; जबकि "सहना" के दो अक्षर "स" और "ह" वर्णमाला के अन्त में साथ-साथ ही रहते हैं।

"सह" लेना सहल है।

"कहने" का कोई अन्त है भला!

"कहना" कठिन है।

-अनमोल गुनाह

अनुभूति

इन कहानियों का जन्म कब और कैसे हुआ यह भी एक लम्बी कहानी है। जीवन के कुछ वर्ष सर्वाधिक झंझावातों से भरे थे। उन अशांत पलों में कभी-कभी लगता था कि दुःखों के बादल सबसे अधिक काले और घनेरे मेरे ही भाग्य में हैं। तभी मेरा सचेत मन कल्पना करना आरम्भ कर देता कि दुःख और समस्याओं के बादल कितने और अधिक काले-घनेरे हो सकते हैं किसी अन्य के जीवन में। साथ ही अवचेतन मन उन काल्पनिक समस्याओं के समाधान भी ढूंढ लेता। मेरे सपनों में मन के ये दोनों ही रूप चल-चित्र की भांति स्पष्ट हो जाते, और मन के ये नए एहसास कलम के माध्यम से मेरी डायरी के पन्ने रंग जाते।

यह क्रम जारी रहा वर्षों तक, उस तूफान के गुज़र जाने के पश्चात् भी। उस समय मुझे भला कहाँ पता था कि उन घनेरे, काले बादलों से कभी इतनी भीनी बरसात भी होगी!

आज जब संसार शांत है, मन में जीवन का मोह और मृत्यु का भय दोनों समाप्त हो गये हैं और समय मुठ्ठी से रेत की मानिन्द झरता दिखाई दे रहा है- ऐसे में भी अतीत की बहुत कुछ यादें पीछा नहीं छोंड़तीं। विशेषकर वे जो डायरी के पन्नों में साकार हैं।

ये कहानियाँ उसी समय की राख में दबी चिनगारियाँ हैं जो आपके समक्ष हैं। आप भी देखिये इन्हें सपनों के झरोखों से, गुज़रिये समय के उन गलियारों से और स्वयं अनुभव कीजिए परिस्थितियों की वह तपिश, वह कसक।

-**दया**

अपनी बात

मेरी कहानियों के पात्र इस दुनियाँ के होते हुए भी मुझे इस दुनियाँ से कुछ भिन्न लगते हैं। कुछ है उनमें ऐसा जो मेरे मन को छू गया। सोचती हूँ कि वह 'कुछ' आपका भी मनभावन हो। जीवन के मंथन से जो अमृत या विष उन पात्रों ने चखा है उसका स्वाद आप भी चख पायें।

स्वयं को उस परिस्थिति में रखकर आपको कैसा लगेगा? मैं सोच नहीं पाती। आप उनके एहसास और उनके कार्य कलापों का अनुमोदन करें अथवा कुछ अन्यथा ही सोचें, यह आपका अधिकार होगा। कहते हैं कि सिक्के के दो पहलू होते हैं। किंतु जीवन कोई सिक्का मात्र तो नहीं! इसके तो अनगिनत आयाम हैं, अनेकानेक रूप हैं, रंग हैं।

जब आप पात्रों के जीवन में रंग भरते हैं तो उस समय आप एक चित्रकार होते हैं, मन चाहे रंग भर सकते हैं। परंतु जब आप स्वयं उस कहानी में पात्र का जीवन जीते हैं तो रंग आपकी लेखिनी के नहीं वरन् आपकी कलम में जीवन के अनेरे रंग होते हैं- विश्वास-अविश्वास के, आशा-निराशा के और आपके अपने काल्पनिक संसार के।

उस समय प्रत्येक पात्र आपके अपने जीवन दर्पण का प्रतिबिम्ब बन जाता है। पात्र में आपको कभी स्वयं की या किसी अपने की छवि दिखाई देती है।

अपनी इस बात को तभी सार्थक मान पाऊँगी जब आप भी इन पात्रों में अपनी जानी पहचानी खुशबू पायेंगे और कहीं आपको

स्वयं की छवि नज़र आयेगी। कहीं कोई एहसास आपकी आँखों में नमी बनकर कोरों में अटक जायेगा या अश्रु बनकर टपक जायेगा। कभी आपका मन चीखकर कह उठेगा... नहीं... और कभी आपके होठों के किनारे पर दबी सी मुस्कुराहट आकार लेगी... हाँ... यही तो!

अरे हाँ! शायद मेरी कहानियों में हंसी को खुलकर स्थान नहीं मिला है। ना ही कोई रंग, व्यंग जैसा कसैला है, ना अपशब्द जैसा बेस्वाद, ना ही कटाक्ष जैसा तीक्ष्ण और ना ही अश्लीलता जैसा असुन्दर।

लगभग सभी कहानियाँ नारी प्रधान हैं किन्तु नारी कहीं भी मुखर नहीं। धैर्य और सहनशीलता उसकी शक्ति है, मज़बूरी या कमज़ोरी नहीं।

जैसे भी हैं ये पात्र अपने स्वाभाविक रूप में आपके समक्ष हैं। मुझे प्रतीक्षा रहेगी आपकी प्रतिक्रियाओं की।

-दया संघल

114, डॉक्टर्स अपार्टमैन्ट

वसुन्धरा एन्क्लेव, दिल्ली 110096

sanghal_vk@hotmail.com, dayasanghal@gmail.com

मो. 9810759476

9810231838

बदरंग-इन्द्रधनुष

जीवन की जितनी भी व्याख्या की जाए कम है। कितनी भी परिभाषायें बनाई जाएं अधूरी रह जाती हैं। जीवन कोई सिक्का तो नहीं जिसके केवल दो ही पहलू हों। इसके तो अनगिनत आयाम हैं जो सीमाओं के कायल नहीं। क्या हम जी पाते हैं कभी भरपूर जीवन? जीवन के कितने ही रंग अनदेखे रह जाते हैं। जीवन के ये अछूते पहलू किसे, कब और कैसे चौंका देंगे भला बताया जा सकता है?

मेरी असाधारण सुन्दर आँखों से आकर्षित होकर सोमू ने मुझ जैसी साधारण लड़की को जीवनसाथी चुना था। मैं सोमू के आकर्षक व्यक्तित्व से प्रभावित होकर खुशी-खुशी सुमेधा से सुमि बन गई थी।

मैंने शादी के समय अग्नि के फेरे लेते हुए स्वयं से एक वायदा कर लिया था कि सोमू की खुशी के लिए सब कुछ करूंगी। सुगृहिणी, आदर्श पत्नी और बच्चों की अच्छी माँ बनने के प्रयत्न में स्वयं को भुला ही दिया था। मैं सन्तुष्ट थी जीवन की इस बेला में जब दोनों बेटे अपने परिवारों में सुखी हैं और मैं सोमू के साथ।

जीवन के इस मोड़ पर देखने को बहुत कुछ होते हुए भी ऐसा कुछ नहीं था जिसकी याद में अपने रंगीन-चमकते वर्तमान को धुंधला किया जाए। तभी मुझे देखने को मिला जीवन का वह रूप जो मेरे जीवन के रंगों से बिल्कुल मेल नहीं खाता था।

अचानक सोमू की तबियत खराब हो गई शायद हार्ट-अटैक है। शीघ्र ही पति को नर्सिंग होम के एमरजेन्सी वार्ड (ICU) में पहुँचाकर बच्चों को सूचना दे दी है। वह सब आते ही होंगे। मुझे पूरा विश्वास था कि सब कुछ ठीक हो जायेगा।

तभी डॉक्टर ने मुझे अंदर बुलाया और सोमू की नाज़ुक हालत का ध्यान कराते हुए इनके पास ही रहने की सलाह और अनुमति दी। मैं देख रही थी कि सोमू ठीक से आराम नहीं कर पा रहे हैं। जबकि डॉ. ने आवश्यक दवाईयां दी हैं और आराम करने को कहा है। मुझे लगा कि सोमू कुछ कहना चाह रहे हैं। मैं उनका हाथ अपने हाथ में थामकर ढाँढस देने का प्रयास करने लगी। आगे झुककर शब्दों को ध्यान से सुनने लगी। उन्होंने कहा "सुमि शादी के फेरे के समय तुम्हारे साथ किया वायदा पूरी तरह निभाया है। मैंने मान लिया था कि तुम ही मेरा वर्तमान हो और भविष्य भी। हर हाल, हर कोशिश मैं निभाता रहा हूँ। तुम सुखी तो रही हो ना मेरे साथ?"

मैं समय की नाजुकता को पहचान रही थी। पूरे धीरज का दामन थामे उनकी हाँ में हाँ मिलाते हुए मैंने कहा- "मन क्यों छोटा करते हो सब कुछ ठीक हो जायेगा।"

अब वह मेरे दोनों हाथ अपने हाथों में थामकर कहने लगे- "सुमि, बच्चे बहुत अच्छे हैं वह सब तम्हारा बहुत ध्यान रखेंगे और तुम उन सबका..." मैं सहम कर भी संभली रही।

अब उनकी अंगुलियाँ मेरी कलाई की चूड़ियों से उलझ रही थीं और मेरे विचार अतीत में उलझने लगे। सोमू का शौक था प्रतिवर्ष करवा चौथ के त्यौहार पर मेरे पसंद की ढेर सी रंग-बिरंगी चूड़ियाँ लाना। जब घर में दो बहुएँ आ गईं थीं तब

तो उन्होंने हद ही कर दी थी, पूरा टोकरा भरकर चूड़ियाँ लाये थे छोटी-बड़ी, रंग-बिरंगी, तरह-तरह की।

मुझे पता ही नहीं चला कि कब उन यादों के बादल मेरी आँखों से बरसने लगे। मैं जो कुछ छुपाने का प्रयत्न कर रही थी वह सब आँसुओं की टपकती बूँदों ने स्पष्ट कर दिया था। सोमू ने अपने हाथ से मेरे गाल पर बिखरे आँसुओं को पोंछने का असफल प्रयत्न किया और मेरे मन ने फिर अतीत में छलांग लगायी।

मैं अपनी किटी पार्टी की फैन्सी ड्रेस प्रतियोगिता में भाग लेने वाली थी। उसके लिए वेशभूषा पहनकर श्रृंगार कर रही थी। मैं अभी एक ही आँख में काजल लगा पाई थी कि इन्होंने रोककर और मेरी आँखों में झांककर कहा था- "अरे सुमि तुम तो मृग-नयिनी हो, तुम्हें अपनी आँखों में काजल लगाने की जरूरत कहाँ?"

इतना कहकर वह कुछ चुप कुछ गुम से हो गए थे। मैं समझ नहीं पा रही थी कि क्या करूँ? एक आँख में लगा काजल पोंछ लूं या दूसरी में भी लगा ही लूं। मेरी उलझन देखकर इन्होंने ही मेरी दुविधा दूर की थी। स्वयं ही मेरी आँखों में काजल सजा दिया था। उनकी कलाकारी से सजी अपनी आँखों को शीशे में देखकर मैं हैरान रह गई थी। चलते समय उन्होंने कहा था- "सुमि प्रतियोगिता के अन्त में तुम आँसू नहीं बहाना ना जीत के ना हार के, वरना आँसू ये काजल बहा देंगे।" इन्होंने दोहराया था सुमि "आँसू नहीं"।

मैं अपने आँसू संभालने में लग गई। अचानक सोमू को गुमसुम देखकर मैंने संभलते हुए कहा- "सोमू तुम चुप क्यों हो

कुछ तो बोलो? लो मैंने आँसू पोंछ दिये। तुम तो मुझसे कभी भी नराज़ नहीं हुए यदि होते भी तो मैं मना लेती।"

सोमू ने मुस्कुराने का असफल प्रयत्न किया और प्यार से मेरा हाथ थाम लिया। मैं सोच रही थी जब जीवन में रंग होते हैं सुख के, सुगंध होती है मनभावन के प्यार की, बहार होती है खुशी भरे त्योहारों की और आनंद होता है मनचाही मुराद पूरी होने का, तो जीवन जीना कितना सहल हो जाता है। समय-समय से पहले ही आगे फिसल जाता है। यही सब कुछ तो हुआ था मेरे जीवन में अभी तक।

मुझे अच्छी तरह याद है सोमू ने कभी भी मेरा जन्मदिन भूलने की गलती नहीं की थी। जब कि मैंने अकसर अपनी सहेलियों से सुना था कि किस प्रकार वे पति को याद दिलाने की युक्तियां खोजती थीं। शाम को घर आने तक बेचैन मन से किसी सरप्राइज़ गिफ़्ट की प्रतीक्षा करती थीं। पिक्चर का प्रोग्राम बनाकर भी रात को देर से घर लौटे पति के सच्चे-झूठे बहाने और दुख भरे किस्से सुनाना भी तो कोई नई बात नहीं थी। फिर पत्नी का रूठना और पति का मनाना सभी कुछ तो वे लोग बता देती थीं।

एक बार तो हद ही हो गई थी जब मैंने इसी बात को लेकर उलाहना दिया था "सोमू कुछ तो ऐसा हो जाने दो कि मैं नाराज़ हो जाऊं और तुम मुझे मनाओ। मुझे भी तो पता चले कि मनुहार का सुख क्या होता है? इस अनुभव से तो हम अछूते ही रह गए।"

तभी इन्होंने मेरे मुंह पर हाथ रखकर कहा था- "नहीं सुमि, नहीं। ऐसा कभी नहीं करना, कभी नहीं रूठना मुझसे। कभी यह रूठने और मनाने के बीच का समय दगा दे जाए और मनाने का

मौका ही ना मिले तो? नहीं मैं ऐसा रिस्क..." बस इतना कहकर तुम उदास हो गए थे।

मेरी तन्द्रा टूटी। वे मेरा हाथ थामें थे। मेरे हाथ पर कभी दबाव बढ़ जाता था, यह उनके डूबते हृदय की पीड़ा थी या प्यार, मैं समझ नहीं पा रही थी। इस माहौल में भी मेरा मन वर्षों पीछे दौड़ गया। शादी के कुछ समय बाद ही ये मेरे लिए सोने की चूड़ियाँ लाए थे। मुझे आश्चर्य हुआ था कि मेरे हाथ में इतनी फिट कैसे उतर पाई। मैंने हँसकर अपने मन का संदेह दूर करने के इरादे से इनसे पूछा था, "क्या नाप के लिए मेरी चूड़ी लेकर गए थे?" तब उन्होंने कहा था- "अरे भई, हाथ जब पकड़ा ही है तब नाप तो पहली बार में ही माप लिया था।"

मैंने भी चुटकी ली- "अरे अंदाज़ तो बिल्कुल मनिहार जैसा है।"

वह भी मूड में थे, फिर से उत्तर मिला, "हाँ मन तो हार ही बैठा हूँ, तुम मुझे मनिहार या मनहार कुछ भी कह लो।"

सोचते सोचते मैं बोलने भी लगी थी। शायद वर्तमान का अभास मेरे मस्तिष्क को जगाने लगा था। मैं अपने ही कहे शब्द सुन पा रही थी, "सोमू तुम चुप क्यूं हो? मेरी बात का चट-पट उत्तर क्यों नहीं दे रहे? मनुहार करती हूं कुछ तो बोलो। तुम्हारी चुप्पी से मेरा मन हार रहा है- ओ मेरे मनहार- ओ मनिहार।"

तभी मेरी तन्द्रा टूटी। सोमू जैसे कुछ कह रहे थे मैंने उठकर उनका चेहरा देखा एक हल्की सी मुस्कान के भाव से उनके होंठ हिल रहे थे- लगा उन्हें भी कोई बीता क्षण याद आ रहा था।

मैंने स्वयं को भी और सोमू को भी सांत्वना देने के लिए हाथ कसकर थाम रखे थे। मेरे आँसूओं से, जीवन भर के बहते

प्यार से, दोनों के हाथ भीग रहे थे। तभी मुझे एहसास हुआ कि इनकी आँखें मुंदने लगी हैं। मैं समझ गई थी कि यह निंद्रा की बेला नहीं वरन् चिर निंद्रा की घड़ी है। विदाई की बेला है।

नब्ज़ की रफ्तार धींमी तर धींमी हो चली थी जो मॉनीटर पर साफ दिखाई दे रही थी। सोमू अभी भी कुछ बोल रहे थे। बस जैसे बुदबुदा रहे हों। मैंने अंत समय के अनमोल शब्दों को समेटने हेतु अपना कान उनके होंठ के पास लगाकर, वह अटपटे वाक्य सुनने का प्रयास किया। मुझे लगा सोमू के हाथ की पकड़ ढीली हो गई है। मैं चौंक गई। हैरत में मेरा हाथ खुल गया और सोमू का हाथ फिसल गया। उनके हाथ के साथ ही जैसे उनका साथ भी छूट गया था।

सोमू के अन्तिम नींद में डूबे शब्द सुनकर मैं सोचने पर विवश हो गई। हम एक जीवन कितने तलों पर जीते हैं? शारीरिक, मानसिक, सामाजिक, भौतिक, आत्मिक आध्यात्मिक या कोई और नाम भी हो सकता है उस तल का मुझे समझ नहीं आ रहा था- सारा जीवन सातवें आकाश पर इन्द्रधनुषी रंगों में व्यतीत करने के बाद मैं कौन से तल पर आ गिरी हूँ। मेरे पैरों के तले से तो हर तल सरक गया था। कोई आधार बाकी नहीं बचा था मैं स्वयं को निराधार अनुभव कर रही थी।

मेरे दिमाग में सोमू के अन्तिम शब्द हथौड़े की चोट कर रहे थे। मैं उनका अर्थ खोज रही थी...। मैं हैरान थी सोमू किसके रूठने की बात कर रहे थे? यह यादों में जीने और मरने की बात कहाँ से आई थी? वह नाम क्या कहा था नयना? ये 'नयना' थी कौन?

कमरे में डॉक्टर आ गए थे। किसी ने थामकर मुझे बैठा दिया। मस्तिष्क बार बार मुझे समझा रहा है कि यह कुछ पल

का समय और कुल मिलाकर लगभग दो वाक्य- मेरे सारे रंगीन जीवन को क्यों धुंधला रहे हैं?

नहीं-नहीं मुझे भूल जाना होगा इस नन्हें से वर्तमान को जो अब भूतकाल में बदलता जा रहा है। मुझे इसको अपने भविष्य पर हावी नहीं होने देना चाहिए। परन्तु मेरा मन, मस्तिष्क के प्रत्येक पहलू को नकार रहा है। बस अपनी ही उधेड़ बुन में उलझा हुआ है। मेरे आँसू सूख गए हैं। जुबान गुम हो गई है।

*****

सोमू ने मेरा हाथ छोड़कर अस्फुटित आवाज़ में कहा था- "मेरी नयना, तुम जब रूठी थीं समय ने मनाने का मौका ही नहीं दिया था। मैं मना ना सका। ओ मेरी नयना! अब मेरी आँखे मुंद रही हैं। मैंने तुम्हारी यादों के साथ जीने और मरने का वायदा निभाया है...।"

यह तो मैं जानती ही थी कि सोमू के बाद मेरे जीवन के हर रंग फीके हो जायेंगे, बेरंग हो जायेंगे, समाप्त हो जायेंगे परन्तु मैं समझ नहीं पा रही थी कि मेरे जीवन का सतरंगा, रंग बिरंगा इन्द्रधनुष इतना बदरंग क्यूं हो गया? कैसे हो गया?

■■■

बुआ

मैं लगभग दस वर्ष की रही हूँगी उस समय, और बुआ? वह लगभग सत्रह-अठारह। ओह! क्या उम्र थी हम दोनों की! मेरा प्रौढ़ा बचपन और बुआ का बचपना यौवन। दोनों ही अवस्थाएँ स्वयं में पूर्ण और मदमस्त थीं। उनका बचपन अभी गया नहीं था और मुझे यौवन के सपने दिखाई देने लगे थे। मैं हर हाल में बुआ जैसी बनना चाहती थी बड़ी होकर, और बुआ कहती थीं कि, वह भी बचपन में बिलकुल मेरे जैसी ही थीं। कुल मिलाकर हम दोनों की खूब पटती थी। वह उपन्यास पढ़तीं और मैं कॉमिक्स। वे कसीदाकारी, कढ़ाई-बुनाई करतीं और मैं ड्राईंग-पेन्टिंग!

उन्हें घर सजाने का बड़ा शौक और मुझे चीज़ें फैलाने का; दोनों स्वयं व्यस्त रहते और एक दूजे को व्यस्त रखते। वह कॉलिज जातीं और मैं स्कूल। वह कॉलिज के किस्से सुनातीं जो मेरी आँखों में ख़्वाब सजा जाते और मैं स्कूल की शैतानियाँ-जो उन्हें अतीत की याद दिलातीं हम दोनों स्वयं में पूर्ण और एक दूसरे के पूरक थे।

एक विषय पर हम दोनों बिलकुल समान थे, कि पढ़ाई हमें अधिक नहीं भाती थी। परन्तु इतना पढ़ लेते कि पास हो जाएं ताकि मेरे पापा और उनके भाई को शिकायत का अवसर ना मिले। उनके भाई और उनमें दस वर्ष का अन्तर रहा होगा पर विचारों में सदियों का। पापा रौबीले और घर की हर हरकत से सजग; जब कि बुआ नम्र और शर्मीले स्वभाव वाली घर के सभी हालात से बेखबर। पापा नौकरों को नौकर होने का एहसास

पग पग पर कराते और बुआ प्रत्येक से कोई ना कोई अपनत्व भरा नाता जोड़ कर काका, काकी कहना ना भूलतीं। पापा का खान-पान और पहनावा राजसी और खानदानी होता जबकि बुआ जो कुछ मिला उससे कम खाकर, साधारण लिबास में प्रसन्न और सजी-धजी दिखतीं। बुआ मुझे हर हाल में अच्छी लगतीं-प्यारी लगतीं।

समय की अपनी रफ्तार थी और हम दोनों बेखबर थे परन्तु जब परीक्षा पास आ गई तो बुआ परेशान, इंग्लिश का कोर्स सँभाले नहीं सम्भल रहा था। मेरी पढ़ाई में मदद करने को बुआ हर समय तैयार पर उनकी मदद मैं भला कैसे कर पाती? मेरे मन मस्तिष्क में एक ही धुन थी बुआ की परीक्षा ठीक हो, वो पास हो जाएं अन्यथा उनकी पढ़ाई और कालिज जाना बंद करा दिया जायेगा। वो इस घर के पिंजरे में बंद होकर रह जायेंगी जब तक कि विवाह होकर विदा ना हो जाएं। मैं सोचकर सिहर उठती थी। मैंने तय किया कि पापा से कहकर बुआ के लिये ट्यूटर का प्रबन्ध कराऊँगी। पापा मान गए और ट्यूटर बुआ को अंग्रेजी भाषा पढ़ाने आने लगे। वह बोलते, पढ़ाते, समझाते, सब इंग्लिश में। मुझे कुछ भी समझ ना आता था। मैंने तो गणित, साईन्स, हिस्ट्री, आदि सभी हिन्दी में पढ़े थे संस्कृत भाषा भी हिन्दी में ही समझाई जाती थी। पर यहाँ तो ट्यूटर का पहला नियम था कि इंग्लिश सीखनी है पढ़नी है तो बस पढ़ना, लिखना, बोलना, प्रश्न, उनका उत्तर सभी इंग्लिश में होगा। और तो और उनका कहना था कि बुआ को सोचना भी इंग्लिश में ही चाहिये। अरे यह तो हद हो गई भारतीय होकर अंग्रेजी में सोचने लगेंगे तो सब गड़बड़ नहीं हो जायेगा? पर बुआ पर तो जैसे इंग्लिश का भूत सवार हो गया था। उन्हें मुश्किल लग रहा था, पर जी जान

से लगी रहतीं। कभी सही कभी गलत परन्तु बोलती इंग्लिश में ही। पता नहीं शायद सोचना भी इंग्लिश में शुरू कर दिया था?

ये सब मेरी समझ से बाहर होता जा रहा था। बुआ की मदद के लिए ट्यूटर क्या लगवाया, यहाँ तो मुझे ही कैद हो गई। चुप चाप कमरे में बंधो, बैठ कर पढ़ाई करते रहो, ना बोलो ना हँसो। उस समय बुआ-बुआ नहीं रह जातीं थीं इंग्लिश पढ़ते और बोलते समय पूरी अंग्रेज बन जाती। इंग्लिश के प्रति उनकी यह लगन, दीवानगी 'सर' को बहुत भाती। वे पूरी लगन से पढ़ाते, बुआ दुगनी लगन से पढ़तीं।

धीरे-धीरे मुझे समझ आने लगा कि कुछ घंटे गंभीर होकर पढ़ाई कर लेने से बाकी समय पूरा आराम; ना टीचर से डरना, ना परीक्षा से घबराना- सारे समय मस्ती और मटरगश्ती। पढ़ाई के बाद बुआ भी मेरे साथ पहले जैसी ही मस्त हो जातीं। पर ये क्रम अधिक दिन नहीं चला वह ट्यूटर के जाने के बाद भी पढ़ाई में व्यस्त रहतीं। ये मेरी बर्दाश्त के बाहर था। मैं बुआ से लड़ाई करती, इंग्लिश को बुरा भला कहती, फिर ट्यूटर को भी। बुआ हँस देतीं पर मुझे साफ़ नज़र आने लगा था कि उन्हें मेरी यह बात अच्छी नहीं लगती। मुझे बहलाने के लिए बुआ मेरे साथ खेलतीं, पढ़ाई में मेरी मदद करतीं, ढेर सी नई-नई बातें करतीं। मुझे कौतूहल होता कि बुआ को ये नई-नई बातें कहाँ से पता चल रही हैं? क्या इंग्लिश भाषा में इतनी नई बातें हैं। एक दिन मुझे भी जिज्ञासा हुई मैं भी इंग्लिश विषय पढ़ूँ इंग्लिश बोलना सीखूँ।

बस बुआ को इसी घड़ी का तो इंतजार था। अब वह मुझे इंग्लिश में ही इंग्लिश पढ़ातीं, समझातीं, प्रश्न करतीं और मैं भी इंग्लिश में ही उत्तर देती। हम अपनी गलतियों पर हँसते और फिर बुआ मेरी गलतियाँ सुधार भी देतीं।

अब मुझे इंग्लिश ट्यूटर से कोई शिकायत नहीं रह गई थी। छः माह गुज़र गए। दोनों ने मेहनत से पढ़ाई की, विश्वस्त होकर परीक्षा दी, परीक्षा फल इतना अच्छा आया कि अपने अपने नम्बर देख कर चौंक गए हम दोनों। साधारण पढ़ाई करके सिर्फ पास भर होने वाले विद्यार्थी की यदि क्लास में पोजीशन आ जाए तो खुशी से बेकाबू होना स्वाभाविक था। अगले पूरे वर्ष यही क्रम चलता रहा। सब ठीक चल रहा था, अच्छा चल रहा था मैंने आठवीं पास की और बुआ ने बी.ए.।

मेहनत, शौक, परीक्षाफल फिर प्रशंसा, सभी ने मिलकर हमारा पढ़ाई के प्रति नज़रिया ही बदल दिया। हम भविष्य की पढ़ाई के बारे में सोचने लगे। ये सोचना और प्लॉन बनाना स्वतः ही इंग्लिश में होने लगा। सर (ट्यूटर) हमारी तरक्की से प्रसन्न और संतुष्ट थे। उन्होंने हमें इंग्लिश की बहुत सी क्लासिक बुक्स गिफ्ट दीं। गर्मियों की छुट्टियों के सदुपयोग के लिए। सर कभी-कभी आते और आवश्यक मार्ग दर्शन कर जाते।

छुट्टियों के बाद मेरा तो स्कूल जाना जारी हो गया पर बुआ की आगे की पढ़ाई पर संकट के बादल छा गए। बस बी.ए. तक पढ़ाई काफी है पापा ने कहा और बुआ की शादी का उत्तर दायित्व निभाकर मुक्त होना चाहा। बुआ ने आगे कॉलेज जारी रखने के लिये पापा को मनाने की कोशिश की, पर वही ढाक के तीन पात। बी.ए. तक की पढ़ाई काफी है। हम इतना ही पापा को मना पाए कि जब तक बुआ इस घर में हैं उन्हें प्राइवेट आगे पढ़ने की इज़ाजत और सुविधा मिल जाए। ये दुआ ईश्वर ने सुन ली और उन्हें घर पर रह कर ही एम.ए. करने की इज़ाजत मिल गई। किस विषय में? भला यह भी कोई प्रश्न है? स्पष्ट था इंग्लिश में।

सर ने ढेर सारी किताबों के ढेर लगा दिए। हमारा स्टडी रूम अब पुस्तकालय बनने लगा। मैं स्कूल जाती और बुआ मेरी ही तरह तैयार होकर पुस्तकालय में आ बैठतीं और तब तक कुछ ना कुछ पढ़ती रहतीं जब तक मैं स्कूल से वापस ना आ जाती। दोनों खाना खाते, आराम करते और इधर उधर की बातें। अब हम लोग गप-शप भी इंग्लिश में ही करते शायद हँसते भी इंग्लिश में ही थे। बड़ा मज़ा आता और शाम को सर के आने से पहले ही पढ़ने के लिए तैयार होकर बैठ जाते।

सर हमारी पढ़ाई के प्रति लगन और समय की पाबंदी से प्रसन्न होते और यह जान कर हमें भी बड़ा आनन्द आता। मेरी नवीं कक्षा बुआ का एम.ए. पार्ट-1 बस ऐसे ही गुज़र गया। पार्ट-2 में आने पर बुआ अधिक गम्भीर लगने लगीं। सोचती अधिक बोलतीं कम, जागतीं अधिक सोती कम, गुम-सुम अधिक खुश कम, बहुत कुछ कहना चाहतीं सी लगतीं पर कहती कुछ नहीं। मुझे अजीब लगता पर समझ कुछ ना आता। एक काम बुआ पहले जैसा करतीं वह थीं इंग्लिश की पढ़ाई।

पापा के पास शाम को कई लोगों का आना जाना लगा रहता था लोग कौन होते हैं, बातें क्या होती हैं हमारा कभी कोई सरोकार नहीं रहा किंतु अब मैंने महसूस किया कि बुआ का ध्यान कभी कभी उधर जाने लगा था। यह क्रम बढ़ रहा था। बुआ की शादी की बात सोचकर मैं खुश होकर भी खुश नहीं हो पाती थी। बुआ का इस घर को छोड़ कर जाने का ख्याल-शादी की खुशी के ख्याल को बहा कर ले जाता। शायद यही ख्याल बुआ के मन में भी आता होगा तभी तो गुम-सुम और उदास रहतीं हैं। मैं उस समय ऐसा सोचती थी। कम से कम मुझे तो कोई हल नज़र नहीं आ रहा था।

यह सच था कि यह हमारी पढ़ाई पर भी प्रभाव डालने लगा था। बुआ अनमनी सी रहने लगी थीं। बस पहला सा कुछ था तो बस इतना कि सर के आने से पहले बुआ का स्टडी टेबल पर पहुँच जाना, तन्मयता से पढ़ना। सर पढ़ाते समय इतनी फास्ट और इतना अधिक बोलते कि मेरी समझ में तो कुछ नहीं आता पर बुआ के एक्सप्रेशन्स (हाव-भाव) से लगता कि वे एक-एक अक्षर समझ रही हैं। उनकी श्रद्धा और लगन देखकर सर भी जोश के साथ पढ़ाते। बाकी सब नार्मल होते हुए भी मुझे लगता बुआ कुछ अनमनी कुछ सहमी सी रहतीं हैं। बार-बार पूछने पर भी मौन रहतीं, टाल जातीं, कुछ नहीं बतातीं और अधिक खोई-खोई, उदास भी रहतीं। मेरी जानी पहचानी बुआ अनजान सी लगने लगतीं। पर मेरा 10वीं बोर्ड का एग्ज़ाम था। अधिक व्यस्त रहना पड़ता अपनी पढ़ाई में। वातावरण के तनाव के कारण इस बार परीक्षा कुछ भीषण काम जैसी लगी- पर हो गया सब पूरा। मैंने सोचा था, परीक्षा के बाद में हम खूब खुश रहेंगे। कहीं घूमने भी जायेंगे, पर कहाँ? ये बीमारी तो जैसे प्रतीक्षा कर रही थी, परीक्षा समाप्त होते ही बुआ बीमार पड़ गईं।

क्या बीमारी है मेरी कुछ समझ में नहीं आता था। बुआ का खाना-पीना, हँसना सब खतम। मैं उनके पास लेट कर प्यार से बातें करती तो वो रोने लगतीं। मैं घबरा जाती। ऐसा तो पहले कभी नहीं हुआ ऐसा क्यूँ हो रहा है? एक बार रात को मेरे पूछने पर उन्होंने बस इतना कहा, "तू अभी छोटी है, नहीं समझ पायेगी।"

ये ठीक है, बुआ से छोटी हूँ- पर ये तो सच नहीं कि बुआ कुछ समझाएं और मैं समझ ना पाऊँ। मैं बुआ को चुप कराते कराते सो गई पता नहीं बुआ कब सोईं या कब तक जागतीं रहीं।

बुआ का एम.ए. पूरा हुआ पर फिर भी वो नियम से आकर

लाइब्रेरी में बैठतीं-पढ़तीं, मनन करतीं और अपने एम.ए. के नोट्स को और भी अधिक तरीके से लिखतीं, सँवारतीं।

मैं अभी 10वीं पास भला एम.ए. इंग्लिश को कैसे समझ पाती। बुआ अक्सर कहतीं मैं उनसे इतनी छोटी क्यों हूँ? उम्र का यह गैप कैसे भरेगा? यह गैप भरा था जब बुआ की उम्र की रफ्तार समाप्त हो गई थी बुआ-बुआ नहीं रहीं थीं और मेरी उम्र अपनी रफ्तार से बढ़ रही थी। मैंने 12वीं पास किया, पर मेरा मन पढ़ाई में कम और बुआ में अधिक लगा रहता। कोई गम उन्हें खाये जा रहा था। सहमी सी रहतीं, हलकी आहट पर चौंक जातीं, लगता जैसे उन्हें जीने की चाह ही नहीं रह गई थी, किन्तु उनकी पढ़ाई का कार्यक्रम और दिनचर्या में कोई अंतर नहीं आया था। सर कभी कभी आकर उन्हें और पुस्तकें दे जाते जो मेरी समझ से बाहर थीं पर बुआ की सख्त हिदायत थी मैं सिर्फ अपने विषयों पर ध्यान दूँ और वर्तमान पर। भविष्य में क्या करना होगा ये भविष्य ही बतायेगा।

मेरे 12वीं पास करने पर सबसे अधिक खुश बुआ थीं। कारण कई थे सबसे पहला मेरा बी.ए. में इंग्लिश साईड लेना। बुआ मुझे वही सब पढ़ायेंगी जो उन्होंने 'सर' से पढ़ा। अब वो मुझे कुछ अपने बराबर का समझकर बातें करतीं उन्होंने मुझे जीवन को समझने और समझौता करने का पाठ पढ़ाया। वह कभी माँ की तरह, कभी बड़ी बहिन की तरह, कभी मित्र की तरह तो कभी 'सर' की तरह कभी सिर्फ बुआ की तरह नए-नए भिन्न-भिन्न विषयों पर वार्ता करतीं और इसी बीच मैंने जाना कि बुआ मेरे पापा से बहुत डरतीं हैं। वह नहीं चाहतीं कि पापा उनकी शादी कहीं भी, किसी से भी कर दें किंतु वो अपने दिल की बात कभी भी पापा से कह नहीं पायेंगी।

बुआ अत्याधिक दुबली, पतली और बीमार दिखने लगीं थीं। बुआ से नाराज़ रहते थे पापा; जो पापा पहले उनकी शादी की बातें करते थे अब उनके गिरते स्वास्थ्य को लेकर टोका टाकी करते। उन्हें जैसे आभास हो रहा था कि बुआ की बीमारी लाइलाज होती जा रही है। जिसे डॉ. भी नहीं समझ पा रहे। बुआ की बीमारी और बुआ का स्वास्थ दिन पर दिन गिरना पापा के लिए गम्भीर चिंता का विषय था, किंतु जिसके दिल में जीने की चाह ही जैसे ना रही हो उसे ना दवा असर करे ना दुआ।

मेरा कॉलेज जाना शुरू हो गया। बुआ को बस मेरे लौटने का इंतजार रहता। मैं जब उनसे कुछ पढ़ाने को कहती, ना जाने कहाँ से उनमें जोश और ताकत आ जाती वह मुझे घंटो पढ़ातीं फिर थक कर निढाल हो जातीं। मेरे बार-बार मनुहार करने पर थोड़ा-सा खा लेतीं और सो जातीं।

समय मुश्किल से गुज़र रहा था मेरी दिनचर्या कॉलेज, पढ़ाई और बुआ। और बुआ की दिनचर्या मेरी दिनचर्या के इर्द गिर्द घूमती। मेरी परीक्षा हो चुकी थी। बुआ ने आगे की पढ़ाई के बारे में समझाना प्रारम्भ कर दिया। नई पुस्तकें, नए नोट्स, सभी दिखातीं, समझातीं कैसे तैयारी करनी होगी फाइनल परीक्षा के लिए।

नहीं अब बुआ वो नहीं कर पा रही थीं जितना और जैसा वो चाहती थीं। मैं उनकी मनः स्थिति समझ रही थी सो एक दिन खुलकर बात करने का इरादा बना लिया। शाम को मैं उन्हें ऊपर छत पर ले गई मैंने पहले ही छत पर अच्छी सफाई, कुछ फूलों की सजावट और म्यूजिक का भी प्रबन्ध किया। हल्का जलपान कुल मिलाकर बुआ की पसंद का हर सामान जोड़ा था। स्वयं अच्छी तरह तैयार हुई जिससे बुआ को भी अच्छी तरह तैयार

कर सकूँ। ऊपर आकर बुआ आश्चर्यचकित, कौन आ रहा है? कैसी पार्टी है? मैंने बताया, परीक्षा समाप्त होने की खुशी में मेरी मैडम, मेरी बुआ के लिए यह पार्टी है। बुआ उदास और अनमनी सी बैठ गईं। तभी मैंने बुआ से कहा, "बुआ चुप मत रहो कुछ बोलो कुछ कहो, क्या है मन में, क्यूँ इतनी उदास और घुटी-घुटी रहती हो। बुआ, माना कि हमारी उम्र में आज भी उतना ही अन्तर है जितना पहले था, पर बुआ मैं अब छोटी नहीं रह गई हूँ समझ पाऊँगी आपके दुख को और समस्या का कोई ना कोई समाधान अवश्य निकाल पाऊँगी।"

बुआ प्यार से मुझे देखे जा रही थीं। उनकी नज़रें मौन रहकर भी जाने क्या क्या कह रही थीं। उसी मौन को मुखर करने के लिए आज ये माहौल और बस मेरी बुआ का साथ। बुआ नहीं कह पा रही थीं सो मैंने ही कहना शुरू किया, "मैडम आज आपको मैडम कह रही हूँ गुरू को, ज्ञान दाता को इंग्लिश में मैडम कहते हैं या फिर सर। आपने सर से पढ़कर मुझे पढ़ाया। पढ़ने और ज्ञान अर्जित करने के बाद जब विद्यार्थी सफलता की सीढ़ियाँ चढ़ता है तो उसका सिर अपनी मैडम के आगे झुक जाता है" मैंने सिर झुका कर उनकी गोद में रख दिया। बुआ नही बोलीं अतः मैंने ही बात आगे बढ़ाई "मैडम क्या आपको लगता है मेरी बात में सच्चाई है? क्या आपको भी ऐसा लगा था?" बुआ ने मेरा सिर उठा कर मेरा चेहरा देखा मैं रो रही थी बुआ रूँआसी हो गईं जैसे सब्र का बाँध टूटने वाला था।

हाँ उस रात बुआ ने मुझे सब कुछ बताया। मैं गुस्सा होती रही पापा से, भगवान से, अपने आप से। मैं क्यों नहीं समझ पाई सारी बातें समय रहते? रोते-रोते बुआ सो गईं और मैं जागती रह गई थी। इस रात ने बहुत कुछ बदल दिया था मैंने सोचा था बुआ

हल्का महसूस करेंगी, स्वस्थ होंगी। ऐसा कुछ नहीं हुआ बुआ ने चारपाई पकड़ ली, जल्दी थक जाती, कभी भी रो पड़तीं। बुआ बहुत कम बोलतीं मुझे पढ़ा भी नहीं पातीं अपनी किताबें और नोट्स मुझे देतीं, मैं पढ़ती और बुआ शांति से सो जातीं। बुआ की हालत दिन पर दिन गिरती गई। उनकी कमज़ोर हालत मेरे इरादों को और मज़बूत बनातीं। बहुत कुछ खो जाने का भय मन को डराता भी था। मुट्ठी से रेत फिसल रहा था। कब मुट्ठी खाली हो जाए।

वह समय जब अत्यन्त पास आया तो बुआ सजग थीं। स्पष्ट शब्दों में ऊँची आवाज में मुझसे बात कर रहीं थीं। पापा को समय की नाजुकता का आभास हो गया था तभी तो सिर झुकाए, एक गुनहगार की तरह कुर्सी पर आ बैठे थे। पर बुआ बेखबर। ना वो रो रही थीं, ना ही बड़बड़ा रही थीं, एक एक शब्द नपा तुला सावधानी से मुझे समझा रही थीं। मैं आश्वासन दिला रही थी आपकी इच्छा पूरी करूँगी अवश्य। जैसे जीवन की पुस्तक का अंतिम पृष्ठ पढ़ा रहीं थीं, परन्तु पापा भटके हुए से कभी मेरी ओर प्रश्न भरी दृष्टि से कभी झुककर समझने का प्रयत्न कर रहे थे। मैं बुआ का बोला हुआ एक एक शब्द आत्मसात कर रही थी। बुआ को इतना स्पष्ट धारा प्रवाह इंग्लिश बोलते मैंने पहली बार सुना और अंतिम बार भी। बुआ निढाल होकर एक ओर लुढ़क गईं थीं।

पापा लगातार रोए जा रहे थे, जानना चाहते थे बुआ ने अंत में क्या कहा? जीवित रहते बुआ ने पापा से कुछ नहीं कहा, अंत में कहा, सब कुछ स्पष्ट पर पापा से कुछ नहीं, पापा एक अक्षर भी ना समझ सके। पापा सुन कर भी अनजाने रह गए।

उस अंतिम वार्ता में बुआ ने 'रामू काका' शब्द को कई बार

कहा। रामू काका भाषा से बिलकुल अनभिज्ञ होते हुए भी सब कुछ समझ गये थे। रो नहीं रहे थे मेरी तरह बस आँखों की गीली कोर पोंछ रहे थे। बुआ का अंतिम दर्शन, अंतिम यात्रा और अंतिम संस्कार सब पूरा हो गया था।

घर में यथावत् सब कुछ चल रहा था पर सन्नाटा था। बुआ की बुक्स और नोट्स मेरी उन्हीं की तरह मदद कर रहे थे।

बी.ए. के बाद एम.ए. करने का अपना निश्चय मैंने पापा को सुना दिया था। रामू काका मेरा बहुत खयाल रखते। इतना अधिक समय मैंने पढ़ाई को कभी नहीं दिया था जितना अब देती थी। अब मुझे समझ आ गया था बीमारी के बावजूद बुआ पढ़ाई और पुस्तकालय में इतना समय क्यों देती थीं। उनके तैयार किए सभी नोट्स उनकी कमी पूरी कर रहे थे।

मैं बुआ की याद मन में बसाये उनका सपना पूरा करने की योजना बनाती। बुआ की हर वस्तु को सम्भाल कर रखा, बुआ जैसी बनने के लिए उनकी चीज़ों की जरूरत तो पड़ेगी ही। दो साल तक समय का गुजरना पता चला भी, नहीं भी। मैं थक कर भी नहीं थकी। बुआ की इच्छा पूरी हो गई थी, मैंने इंग्लिश एम.ए. की परीक्षा पास कर ली थी।

मेरा सारा समय अब बुआ की यादों और उनकी सजाई वस्तुओं के साथ गुजरता। कमरा बंद करके बुआ की साड़ी पहनती, चोटी बनाती, क्लिप लगाती साड़ी का लम्बा पल्लू लहराता आइने में स्वयं को देखती और दंग रह जाती। पर चेहरे पर भोली मुस्कान की जगह बुआ की याद की कसक आँखों में झलक जाती। मन करता रो लूँ पर नहीं बुआ के जाने पर भी ना रोना मेरी ताकत बन जाता। मेरे इरादों को संबल दे जाता। बुआ के इरादे को पूरा करने के लिए ये संबल ज़रूरी था।

काका मेरे मन के भावों को समझते थे परन्तु मेरे इरादों का भान उन्हें नहीं था। वे प्यार से मेरी पसंद का खाना बना कर लाते, मुझे खाते हुए देखते और ना जाने क्या सोचते रहते। कुछ अंतराल बाद मैं फिर बुआ का वेष बनाती। यही क्रम चलता रहा और आज काका मेरे सामने आकर मेरे सिर पर हाथ रख कर बड़े प्यार से कह उठे "बेटी ये सब क्या है?" मेरा बाँध टूट गया, "काका- कुछ करिए, कुछ करिये काका", मैं मुंह छुपाकर फफक-फफक कर रो दी।

कुछ संयत सा होकर काका ने कहा, वे सब कुछ करने को तैयार हैं जो बुआ चाहती थीं और मैं चाहती हूँ। मेरे आँसू थम गए- अपनी प्लानिंग का पहला कदम मैंने उठाया। काका का बेटा जो नौकरी की तलाश में था घर के काम काज में कुशल, नेक और ईमानदार, उसे समझा कर, कि क्या कहना है कितना बोलना है कॉलेज में सर के पास भेजा गया। उसे नौकरी पर रख लिया गया था। छुट्टी के दिन संक्षेप में उस घर की दिनचर्या तथा उसका हाल जान लेती।

काका अक्सर मेरे पास आ बैठते। वे बुआ को बड़ी बिटिया और मुझे बस बिटिया कह कर पुकारते थे। जब उठकर जाने लगते तो कहते बड़ी बिटिया को याद किया करो, पर उदास मत हुआ करो।

अब पापा के पास कुछ नए लोग मिलने को आते थे। काका आदर सत्कार से विशेष भाव से जलपान तैयार करते। उस रात काका मेरे कमरे में आए जैसे कुछ कहना चाहते हों। मेरा अनुमान सही था। उन्होंने मेरे बारे में अपनी चिंता बताई। यही बात बड़ी बिटिया के समय भी हुई थी। क्या हुआ था? मेरा कौतूहल चरम सीमा पर था। काका ने कहा उनकी माँग इतनी बड़ी नहीं थी जो

पूरी ना की जा सके। माँगने तो सर के पिता आए थे बड़ी बिटिया का हाथ अपने बेटे के लिए; किन्तु पापा ने उन्हें उनकी औकात का एहसास कराया था, और अपनी सामर्थ और सम्पन्नता का भी। बहुत अपमान की बात थी। वे सिर्फ इतना कहकर चले गए थे, "मैं अपने बेटे को जानता हूँ यदि काम पूरा ना हो तो वह सिर्फ विचार बदल लेता है इरादा नहीं। मैं बच्चों की खुशी को प्राथमिकता देता हूँ सब कुछ जानते हुए भी, और अपमान की परवाह ना करते हुए भी यहाँ आ गया था।" वह उठकर चले गए थे पापा ने बुआ को अपना फैसला सुना दिया था इस बेमेल मिलाप से वो कभी सहमत नहीं होंगे। बुआ ने सिर झुका कर मौन रहकर सब स्वीकार कर लिया था।

अब मुझे बुआ के अंतिम समय कहे शब्द याद आ रहे थे। वो पापा से नाराज़ नहीं थीं, उन्हें दुख था कि वो सर को कोई सुख ना दे पाईं वरन् उनके एकाकी जीवन का कारण बन गईं। बुआ ने मुझसे कहा था "I Couldn't Give Him Happiness, Will You?" आगे कहने को शेष क्या बचा था–

अब मेरे मन की उलझन सुलझ गई। घर की गतिविधियों से अनजान रहती, परन्तु काका से कुछ भी पता चलने पर अधिक कर्मठ होकर अपने गन्तव्य की ओर आगे बढ़ती।

बुआ की बुक्स और नोट्स से तो परिचित थी ही अब अन्य सारी चीज़ों को भी पूरी तरह जानने में जुट गई। उनकी साड़ियाँ, चूड़ियाँ, बिन्दियाँ, क्लिप, लम्बा परांदा, जूतियाँ, सैंडल सब मुझे उनका आभास कराते। मैं उनकी ड्रैस से सजकर कमरा बंद कर स्वयं से बातें करती, स्वयं को निहारती। बुआ की डायरी पढ़ती तो मन बुआ का ही हो जाता। अब कभी बुआ साथ रहतीं, कभी सर और कभी दोनों। घंटो गुज़रते। काका का

द्वार खटखटाना, झटपट कपड़े बदल कर द्वार खोलना, काका सब समझते, प्यार से कहते इतनी देर कमरे में बन्द मत रहा करो अकेली। खाना लाते, सामने खिलाते, कभी रेडियो खोल देते कभी टी.वी.। काका मैं ठीक हूँ। वे कुछ संतुष्ट होकर चले जाते। पापा को मेरा यूँ गुमसुम रहना नापसन्द था। और मैं उनसे असहमत, कि वे मेरे जीवन का फैसला करते समय मेरी राय पूछना तो दूर जानना भी ज़रूरी नहीं समझते। कोई किसी से कुछ नहीं कहता था। काका ही माध्यम थे हम दोनों के बीच और काका का बेटा श्यामू दो परिवारों के बीच।

एक दिन पापा ने कहा कोई परिवार मुझसे मिलने, मुझे देखने आ रहा है। मैं इस गुम सुम के दायरे से बाहर निकलूँ और नॉर्मल व्यवहार करूँ। शायद इसी घड़ी की प्रतीक्षा थी मेरे निर्णय को।

काश, पापा ने बुआ की इच्छा का ध्यान रखा होता तो आज मैं, मैं रह पाती, पापा की इच्छा का ध्यान रखती। अब मैं, सिर्फ मैं कहाँ थी, अनेक अर्थों में बुआ बन चुकी थी। बस एक काम जो पूरा करने का साहस बुआ नहीं कर पाई थीं वह अधूरा काम मुझे पूरा करना था और एक शाम वो अधूरा काम पूरा करने के इरादे से मैं वहाँ पहुँच गई।

मैंने देखा साफ सुथरा घर साधारण सुन्दर सजावट। फाटक और बरांडा पार कर स्टडी रूम के दरवाजे तक पहुँच गई। जाली का दरवाज़ा बन्द, भीतर टेबल लेम्प का मंद प्रकाश, वो मेज के पास बैठे कुछ पढ़ रहे थे। पीठ थी मेरी ओर, पर मैं किसी भी तरह से उन्हें पहचान सकती थी। मैं देख पा रही थी और आगे आने वाले पल के लिए स्वयं को तैयार कर रही थी। इसी क्षण के लिए तो वर्षों तैयारी की थी, वह क्षण अभी आने वाला है। वो कुर्सी पर पीठ सीधी करके बैठे थे जैसा हमें पढ़ते समय कहा

करते थे। मौसम के हिसाब से पैंट शर्ट के साथ स्वेटर भी था। कुर्सी के हैंडल पर टँगा शाल। वही व्यक्तित्व कनपटी पर आए कुछ सफेद बालों से और भी निखर गया था। चेहरे पर चश्मा। अधिक स्कौलर लग रहे थे।

कब तक देखती रहूँगी मैं यूँ ही? अगले ही पल घटने वाले पल की प्रतीक्षा में मेरी साधना का पल, बुआ के अधूरे सपने पूरे होने का पल, मैं झाँकती ही रहती कि अचानक मेरे ऊपर प्रकाश बिखर पड़ा था, उन्होंने बरामदे की लाईट जला दी थी। यही समय तो मैंने चुना था जब वो टेबल से उठकर लॉन में टहलने आते थे।

प्रकाश में नहाई हुई मैं स्पष्ट दिखाई दे रही थी अब। जब उनका रूप मेरी आँखों में इतने वर्षों बाद भी साकार था, तो उन्हें भी बुआ की झलक याद ही होगी, पहचान ही जाएंगे पूरा विश्वास था। हाँ उन्होंने पहचान ही लिया था तभी तो हैरान होकर कहा था, "अरे, तुम!" मैं जानती थी उनका यह 'तुम' शब्द बुआ के लिए था परंतु वहाँ 'मैं' थी, बुआ भला कहाँ?

उन्होंने दरवाजा खोला। मैं जड़ सी खड़ी रही। वह पास आकर मुझे आश्चर्य भरी निगाहों से देखते रहे। कुछ क्षण यूँ ही गुज़र रहे थे। शांति मैंने ही भंग की। बस इतना ही कहा "बुआ ने" इससे आगे कुछ कहना ही नहीं पड़ा, मुझे देखकर वह ठिठके खड़े से रह गये। मैं समझ पा रही थी, उन्हें बुआ की प्रतीक्षा थी। बुआ नही थीं- पर थीं- पर हैं। इन समय की गलियों में से गुज़रने के लिए इतना समय तो लग ही जाना था और लग रहा था। अच्छा लग रहा था यह ठहरा हुआ समय, यह बंधा हुआ समय सुख दे रहा था तृप्त कर रहा था ये शांत प्यार से भरा वातावरण----

दोबारा

सपना दीदी दिल्ली की अरबपति माता पिता की इकलौती संतान थीं। सुन्दर अति सुन्दर, कोमल अति-कोमल, भोली अति-भोली, आकर्षक-अति आकर्षक और साथ ही ज़िद्दी-अति-ज़िद्दी। मम्मी पापा को दीदी का इकलौता होना पसंद था अपना सारा प्यार, दौलत और सारा जीवन उसी को देना चाहते थे। नाम दिया था 'सपना'। पापा सभी बातों का निश्चय करते समय ऐसे बोलते थे जैसे कोर्ट में फैसला सुना रहे हों, पर बेटी के आगे उनकी एक नहीं चल पाई थी।

मम्मी मंदिर के भगवान की और पापा विदेश के पुजारी। दीदी के जन्म दिन पर मम्मी की तीर्थ यात्रा के बाद स्विट्जरलैंड जाना एक नियम बन गया था। सोलहवीं वर्ष गाँठ पर दीदी मंदिर के भगवान से एक राजकुमार की माँग कर बैठीं, जिद्दी लड़की की बात भगवान भी ना टाल सके। इस बार जब स्विट्जरलैंड गये तो पापा के एक अंग्रेज मित्र के लड़के 'हैरी' ने दीदी का दिल जीत लिया। क्यूपिड का तीर इतना शक्तिशाली था कि एक ही तीर से दोनों घायल। घर का माहौल दिन पर दिन बिगड़ता गया। मम्मी की विजातीय विवाह के लिये असहमति और पापा का कहना था कि दीदी ने स्वच्छंदता का अर्थ उद्दंडता समझा जो सही नहीं है। दीदी ने अपने जिद्दी स्वभाव का परिचय देते हुए कि उन्होंने पापा की साख को दर-किनार कर कोर्ट में भी और मंदिर में भी शादी कर ली है तो पापा ने फैसला सुना दिया कि इन हालात में वो दीदी को अपने सारे प्यार और दौलत से

बेदखल करते हैं। दीदी अब कभी भी अपने शेष जीवन में उनकी तरफ मुड़ कर ना देखे।

पिता और बेटी के बढ़ते तनाव के बीच मम्मी को दौरे पड़ने लगे। दीदी और हैरी चले गए। पापा के सतत प्रयास और सेवा से मम्मी फिर से स्वस्थ दिखने लगीं। पापा मम्मी का अधिक से अधिक ख्याल रखते क्योंकि उनके जीवन में मैं आने वाली थी, आ गई थी।

पापा ने मम्मी को समझाया था, अभी हमारी उम्र ही क्या है? हम एक और 'सपना' साकार करेंगे उसे देंगे पूरा प्यार, सारी दौलत। दीदी के जाने के चार वर्ष बाद उनके जीवन में मैं आ गई थी। घर में दो परिवर्तन आए मंदिर और विदेश जाना छूट गया था, बाकी सब ज्यों का त्यों चल रहा था। मैंने अपने बारे में भी यही सुना सुन्दर अति सुन्दर, भोली अति भोली, कोमल अति कोमल पर मैं ज़िद्दी नहीं बन पाई।

मम्मी पापा का कार एक्सीडेंट हुआ था। माँ अस्पताल में बेहोश। पापा ने काँपते हाथों से मेरा हाथ मेरी गवर्नस के हाथ में दिया था। इसे बोर्डिंग में रखने का प्रबन्ध कर देना, पढ़ाना, बाकी मैंने वसीयत में लिख दिया है जो इसके सोलहवें जन्मदिन पर खोली जाए। बाकी सब ट्रस्ट को पता है।

जीवन हॉस्टल में बीतने लगा सोलहवें साल के इन्तजार में कि मुझे पता चले कि मैं हॉस्टल गर्ल से अधिक और क्या हूँ।

दीदी के किस्से के बाद पापा ने सभी नाते रिश्तेदारों से नाता तोड़ लिया था और सिर्फ मम्मी के साथ एक अलग दुनिया बसा ली थी और मैं रह गई थी 'अनाथ' 'बेचारी' मुझे लगता था अब मेरा दुनिया में कोई नहीं जब तक यह सोलहवाँ जन्म दिन आया।

ट्रस्ट ने प्रिंसिपल से विशेष अनुमति ली थी। पुराने घर को सजाया गया था। बहुत लोग थे, पर मेरे लिए सब अन्जान लग रहा था वो मुझे पहचान रहे थे। उनकी आँखों में बीस वर्ष पुरानी यादें ताजा होकर चमक रहीं थीं कुछ कुछ नमी के साथ। मैं हैरान थी उस अजनबी माहौल में। लग रहा था सब किसी एक पल के आने की प्रतीक्षा कर रहे हैं। लॉ ट्रस्ट से निर्धारित वकील वसीयत लेकर आ गए।

बर्थ डे केक के पास ऊँचे बैक वाली एक कुर्सी थी जिस पर लाल कपड़े में बंधा एक पुलंदा रखा था। एटर्नी ने उस पैकेट से एक एलबम और तह किया हुआ एक पेपर निकाला। कागज़ के खुलते ही हॉल की खुसुर फुसुर शांत और पिन ड्रॉप साईलेंस। मुझे मेरे दिल की धड़कन साफ सुनाई दे रही थी। उन महाशय ने बोलना शुरू किया, मैं अपना नाम सुनकर चौंकी वो मुझको ही सम्बोधित कर रहे थे कुछ दिखाने और बताने जा रहे थे। मैंने अपनी गवर्नेस का हाथ थामा हुआ था जो मैंने इतने कस कर दबाया कि वो दर्द से उचक कर रह गई।

वो आने वालों का स्वागत कर रहे थे। मुझे बधाई दे रहे थे। सबको धन्यवाद कर रहे थे। पिता की असीम दौलत का लेखा जोखा बता रहे थे। कम्पनियों के डायरेक्टर, अस्पतालों के इंचार्ज, स्कूलों के प्रिंसिपल, अनाथालयों के मैनेजर सभी अपना नाम सुन कर आगे आते, आदर से झुकते और फिर वापस अपनी जगह जा खड़े होते। मैं सोच रही थी क्या यही सब दिखाने के लिए मुझे यहाँ लाया गया है। अरे! बर्थडे केक तो कटाएँ।

तभी उन महोदय को भी ध्यान आ गया हाँ पहले जन्मदिन सेलीब्रेट करते हैं बाकी कार्यवाही बाद में होगी।

अपना दिमाग एक ही बात की प्रतीक्षा कर रहा था, कि अगले पल कुछ ऐसा घटने जा रहा है जो मेरी सोच और कल्पना से परे है। अपनी घबराहट को दूर करने के लिए कुछ भी ऊट-पटाँग सोचे जा रही थी। केक काटना, और उसके बाद की साधारण प्रक्रियाएँ यथावत होती रहीं। मैं आँटी के साथ भी अकेला महसूस कर रही थी। सब्र का बाँध टूट रहा था।

अचानक तालियों की गूँज-फिर हाल में सन्नाटा। अधिकांश लोग पास रखी सीटों पर बैठने लगे थे। आँटी ने मुझे भी बैठा दिया था। अचानक हॉल की लाईट गुम। हॉल की एक श्वेत दीवार को प्रोजेक्टर स्क्रीन की तरह प्रयोग किया जा रहा था। अचानक चौकोर प्रकाश पर कुछ प्रतिबिम्ब उभरने लगे। मुझे लगा उस समय हॉल में होने वाले समारोह को टी.वी. सेट द्वारा स्क्रीन पर प्रोजेक्ट किया जा रहा है। पर नहीं यह तो प्रोजेक्टर से एक फोटोग्राफ दिखाया जा रहा था सब कुछ वैसा जैसे थोड़ी देर पहले प्रकाश में इस भरे हॉल में दिखाई दे रहा था। टेबल पर कटा हुआ केक यही ड्रैस पहने मैं खड़ी थी पास में आँटी लोगों के हाथ तालियाँ बजाते पर हथेलियाँ मिली थीं हॉल तालियों की गड़गड़ाहट से गूंज रहा था भला ये मात्र फोटो कैसे हो सकती है? मैं ध्यान से देखती हूँ, आँटी तो बड़ी यंग लग रही हैं। मेरी ड्रेस का रंग, डिज़ाइन वैसा ही बालों का स्टाईल वही, गले में लाकेट, मेरे लाकेट जैसा। पर यह क्या मेरे दाँये हाथ पर और बाएँ कंधो पर किसका हाथ है? ऐसा इस समय तो नही है हाँ तो ये एक फोटो ही है। पर मेरे दाएँ बाएँ फिर कौन हैं? मेरे दिमाग में बिजली सी कोंधी और एक्सीडेंट की याद ताज़ा हो गई। वे धुंधले चेहरे मम्मी और पापा के इन दोनों चेहरो में समा गये, साकार हो गये। मम्मी और मैं कितना रिज़ैम्बल करते हैं-पर

कहाँ हैं मम्मी? या तो ये मम्मी नहीं या फिर इस फोटो में जो मैं दिख रही हूँ वो मैं नहीं। मैं घबरा सी गई। घूम कर आँटी को देखा। उन्होंने धीरे से अपना हाथ मेरे कंधों पर रख दिया। वो मेरे मन की दुविधा समझ रही थीं। अपने दोनों हाथों से उनका हाथ थामकर मैंने राहत महसूस की। उनके हाथ का दबाव मुझे सांत्वना दे रहा था कि मेरी उलझन और प्रश्नों का उत्तर उनके पास है। समय की प्रतीक्षा समाप्त होने जा रही है वह कुछ बताने जा रही हैं मैं आश्वस्त रहूँ, उत्तर सन्तोष जनक होगा।

हॉल की शांति भंग करते हुए अचानक ही आँटी ने बोलना शुरू किया- "ये चित्र हम सबको बीस वर्ष पीछे ले गया है। आप समझ गये होंगे मैं किस दिन की बात कर रही हूँ। जी हाँ, जब मिस्टर एंड मिसेस विशाल जीवित थे और था सपना का सोलहवाँ जन्मदिन।" अचानक हॉल की लाईट ऑन, दीवार से चित्र गायब। हम सब पास्ट से प्रजेंट में आ गए। मेरे दिमाग में क्लियर होने लगा। चित्र में मैं नहीं सपना थी अपने मम्मी पापा के साथ। पर वह सपना है कौन? क्या मेरी बहिन? कहाँ है वह? या फिर मम्मी पापा के साथ वह भी... नहीं, नहीं, नहीं भगवान ऐसा नहीं हो सकता। सपना मेरी बहिन है, मेरी दीदी, पर कहाँ? हॉल में मेरी कातर पुकार गूँज गई मेरी सपना दीदी कहाँ है कहाँ कहाँ-

आँटी ने मेरा कंधा दबाया, इशारा किया, "उत्तर सुन लो" एटर्नी कह रहे थे "ये कुछ पत्र हैं जो खोले भी नहीं गए। बीस साल से स्विट्ज़रलैंड से आते रहे हैं। उनके हाथ में एक लिस्ट थी पहले साल लगभग 12 पत्र-फिर हर वर्ष पत्रों की संख्या कम होती गई पर हर वर्ष दो पत्र आते रहे" इस वर्ष का आखिरी बन्द पत्र मेरे हाथ में दिया गया। आँटी ने इशारा किया मैं इसे खोलूँ।

मम्मी पापा की मैरिज एनिवर्सरी के लिए एक सुन्दर सा कार्ड नीचे एक नाम लिखा था 'सपना'। दो नाम और जिन्हें आँखों में तैरते आँसुओं के कारण मैं पढ़ ना सकी। तारीख भी लिखी है पिछले ही सप्ताह की। मुझे कोई कुछ बताता नहीं था। मैं आँटी से पूछती भी थी तो नपा तुला उत्तर मिलता मैं तुम्हें क्या-क्या बताऊँ बेटी, समय ही तुम्हें सब कुछ बतायेगा। मेरे पास तुम्हें बताने को, कुछ है ही नहीं अ...।

ये अधूरा-सा शब्द अ... भी मुझे आज समझ आया था अभी। आँटी ने कभी झूठ नहीं बोला था समय की प्रतीक्षा की थी और मुझसे भी करवाई थी।

धीरे-धीरे उल्टे क्रम में और भी लिफाफे खुले। एक लिफाफे में एक लड़के की फोटो दिखाई दी। करीब सोलह साल का रहा होगा। दीदी ने अपने बेटे की सोलहवीं बर्थडे का फोटो भेजा था। पुराने लिफाफों में उसी लड़के के बचपन के कई और फोटो भी मिले पर किसी भी पत्र में सपना का अपना फोटो नहीं था। पत्र पढ़ने का मुझमें धैर्य नहीं था। मैं तो जानना चाहती थी सपना कहाँ है। मैं उससे मिलना चाहती थी, देखना चाहती थी, बात करना चाहती थी। मैंने उम्मीद से आँटी की ओर ताका। आँटी ने मन की बात जान ली थी। बोली "लो लाइन मिल गई है तुम बात कर सकती हो।" मुझे रिसीवर दिया गया उधर से लगा कोई आवाज आ रही है मैंने कहा, "हैलो आप कौन बोल रही हैं उत्तर मिला 'सपना' कितना समय लगा, कितना तरसे ये कान मैं बार-बार यही शब्द सुनना चाहती थी। तभी रिसीवर आँटी ने ले लिया, मैं आँटी बोल रही हूँ कैसी हो तुम सब ठीक तो है ना? हैरी और शिव तुम्हारे पास ही हैं ना? ध्यान से सुनो मैं क्या कुछ कहने जा रही हूँ तुम समझदार हो अधिक समझाना

नहीं पड़ेगा आज 'स्वरा' का सोलहवाँ जन्मदिन है। साहब की वसीयत पढ़ी जा चुकी है। वह कुछ नया नहीं परन्तु फिर भी मनुष्य चाहे कितना भी स्वयं पर विश्वास रखता हो मन के एक कोने में अनहोनी का डर बैठा रहता है। साहब के मन में भी इस अनहोनी का एहसास कहीं था। तभी तो अपनी वसीयत में लिख गए हैं किसी दुर्घटना वश, हम दोनों के ना रहने पर स्वरा की सारी ज़िम्मेदीरी सपना को सौंप दी जाए। सो बेटी आओ और संभालो इसे।" उधर से बहुत छोटा सा उत्तर आया "आ रही हूँ।"

सपना दीदी आ गई थीं सुन्दर सी, मैच्योर सी। पहली बार सपना दीदी को फोटो (पिक्चर) में देख कर लगा था अरे दीदी कितनी सुन्दर है पर ये भाव भी कि मैं कितना रिजेम्बल करती हूँ दीदी से और आज दीदी को देख कर लगा था क्या सोलह वर्ष और लगेंगे मुझे सपना दीदी जैसा मेच्योर लगने के लिये।

दीदी के साथ था उनका बेटा 'शिव'। और अच्छा तो ये है, 'हैरी मिस्टर' जो हमारी दीदी को ले गये थे दूर-परदेस।

सृष्टि के कितने विचित्र रंग हैं। इनका दीदी को ले जाना और दीदी का चले जाना ही तो कारण रहा मेरे इस संसार में आने का। पर अब दीदी वापस आ गई हैं पूरी सृष्टि में मेरा कोई अपना है मेरे जैसा ही, मेरे जैसा भी। मैं मम्मी पापा का दुख भी भूलने लगी थी।

दीदी गंभीर रहती, बहुत सी फाइल, पेपर्स ऑफिस और अन्य कार्यों में व्यस्त। इस बीच मैं शिव के साथ मन बहलाने का प्रयत्न करती किंतु वह पला था नितांत भिन्न वातावरण में। ना वो यहाँ के माहौल में घुल मिल पा रहा था, ना मैं ही उसके साथ अधिक क्लोज महसूस करती। मुझे तो बस दीदी ही चाहिये। कुछ समय बीतने पर एक दिन दीदी ने बताया कि हैरी और शिव

वापस जा रहे हैं। यह बात बताते समय दीदी एक एक शब्द बहुत ही नाप तोलकर धीमी गति से बोल रही थीं।

आज हैरी और शिव को गये छः माह हो गए हैं। ये छः माह मुझ सोलह वर्ष की अल्हड़ को प्रौढ़ा बना गये हैं। इन्हीं दिनों दीदी ने नाता तोड़ा था हैरी से शादी के बाद, कैसे मम्मी पापा ने नाता तोड़ दिया था, कैसे हैरी ने कभी मम्मी पापा के बारे में बात नहीं की ना कभी भारत के बारे में और ना कभी उन विषयों में चर्चा करने की इज़ाजत दीदी को ही दी। फिर शिव का तो प्रश्न ही नहीं उठता था। दीदी ने स्वयं को हैरी के हिसाब से वहीं के माहौल में ढाल लिया था और वो खुश थीं वहाँ पर। यहाँ के बारे में, मेरे जन्म के बारे में बिलकुल अनभिज्ञ।

ये कैसा एक्सीडेंट रहा जिसमें मैंने मम्मी पापा को खोया और परिणाम स्वरूप अब दीदी को पाया। दीदी ने हैरी से शादी करके माँ और पापा को तो पहले ही खो दिया था, आज उन्हें हैरी और शिव को खोना पड़ा।

पहली बार पापा की शर्त थी हैरी को पाना चाहती हो तो माँ पापा को खोना होगा तब दीदी ने यह शर्त मंजूर की थी। आज हैरी ने शर्त रखी थी, स्वरा के पास भारत वापस जाना चाहती हो तो पति और बेटे से नाता तोड़ना होगा और आज दीदी ने ये शर्त मंजूर की थी। हाँ तब दीदी ने माँ पापा का प्यार खोया था हैरी का प्यार पाने को आज हैरी और शिव को छोड़ा है मुझे प्यार देने के लिये।

दीदी अब सहज हो गई हैं फैक्टरी, ऑफिस, घर सभी कुछ सँभालती हैं मेरी पढ़ाई पूरी करने में मदद करती हैं गाइड करती हैं मैं दीदी की छाया बनी रहती हूँ और वो मेरे सिर का साया।

हाँ, मैंने जो सोचा था वो गलत था कि दीदी जितना मेच्योर होने के लिये मुझे सोलह वर्ष लगेंगे। पर नहीं मेरा सोलह वर्ष का अल्हड़पन ना जाने कहाँ गायब हो चुका था इन छः महीनों में ही। सपना सोचती थी बीस वर्ष पहले की बात- बीस वर्ष पहले एक बार हैरी से प्यार निभाने के लिये माता पिता के सामने समझौता किया था। पापा ने कहा था कि वे एक विदेशी, विजातीय को अपना दामाद स्वीकार नहीं कर सकते।

साथ ही कह दिया था कि मैं अपना निजी फैसला करने के लिए स्वतंत्र हूँ। एक शर्त भी रख दी थी कि फिर मेरा और उनका कोई संबंध नहीं रहेगा। उन्होंने रिश्ता तोड़ा था तभी मैं हैरी के साथ संबंध जोड़ पाई थी।

ये कैसी स्वतंत्रता?

ये कैसा प्यार?

ये कैसे रिश्ते?

क्या अपने ऐसे होते हैं? क्या माता पिता का प्यार ऐसा ही होता है? फिर भी उसने माता पिता से नाता नहीं तोड़ा था। उसने हर अवसर पर माता पिता को याद किया था उनके शुभ की कामना की थी। जन्म दिवस, शादी की सालगिरह, होली, दिवाली, सभी अवसरों पर शुभ कामनाएं भेजती रही थीं। यद्यपि कभी कोई उत्तर नहीं मिला फिर भी उत्तर की प्रतीक्षा की थी। हार नहीं मानी थी। विश्वास था माता पिता को उसकी याद आयेगी या जरूरत पड़ेगी तो बस सिर्फ सपना ही याद होगी सिर्फ सपना।

मुझे तो आना ही था, अपनी बहिन के प्रति स्नेह, अपनत्व और उत्तरदायित्व निभाने के लिए सो आज मैं यहाँ आ गई हूँ।

भला कोई कैसे कल्पना कर पाएगा कि एक ही जीवन में दोबारा ऐसी परिस्थिति का सामना होगा। क्योंकि अबकी बार हैरी ने ना कुछ कहा, ना कुछ सुना, बस अनुमान लगा लिया कि मैं क्या चाहती हूँ सो कह दिया जो भी चाहो कर सकती हो, स्वतंत्र हो। किन्तु उसका भारत से कोई रिश्ता नहीं होगा। नारी बंधती है कभी प्रेम में, कभी कर्तव्य में। इसी प्रकार दोनों संबंधों का भार उठा कर समाज के ढाँचे को चरमराने से बचाये रखती है।

नारी को सहारे की आवश्यकता है जैसे बेल को, लता को...। किन्तु बढ़ना, फूलने और फलने की शक्ति वह जड़ों से ही प्राप्त करती है।

जीवन को जीने के लिए और जीवन की उड़ान भरने के लिए उसके पंख भी अपने ही होते हैं और हौसले भी। उसके संस्कार और प्रकृति से मिली सहनशक्ति ही उसका संबल और सामर्थ होती है। नारी तो धरती की भांति होती है। जो कुछ मिलता है ग्रहण करती है और कई गुना फलित करने की क्षमता रखती है। इसीलिये दोनों परिवारों से जुड़ी रहकर जीने की राह बना ही लेती है।

जड़ें तो अपनों में समाई होती हैं और अपनों का दायरा मात्र गिने चुने प्राणी ही नहीं- वरन् परिवारों का उत्तरदायित्व निभाती हैं।

जीवन की कैसी विडम्बना है कि जो नारी दो परिवारों को जोड़ती है वहीं दोनों परिवार अपनी मान मर्यादा और अहंकार पूर्ति के लिए उससे संबंध तोड़ देते हैं।

और स्वरा सोच रही थी...

हाय! दीदी मुझे इतना प्यार करती हैं कि अपना घर छोड़ कर मेरे पास आ गई?

अपनों का प्यार ऐसा होता है!

अपनों से रिश्ते इतने सुंदर होते हैं!

ओह! क्या अपने ऐसे होते हैं!

दिन रात मैं दीदी के साथ रहती। हर समय लगता जैसे दीदी तन से सजग रहते हुए भी मन से उदास हैं। उनका व्यवहार मुझे बहुत कुछ सिखा देता, समझा देता और मुझे अपने हर सवाल का जवाब मिल जाता। अपनी जड़ों को पोषित करना शायद इसी को कहते हैं। ऐसे ही हालात में तो संस्कार पनपते हैं, और जड़ें गहरी पैठती हैं।

मैं देखती कभी सपना दीदी कहीं फोन मिलातीं... रिसीवर उठाकर प्रतीक्षा करतीं और फिर कुछ सोच कर रिसीवर रख देतीं। यही सब उन्होंने पहले भी किया होगा वर्षों तक मम्मी पापा के लिए...।

कई बार मैंने उनकी मेज पर लैटरपैड बिखरे हुए देखे... शायद उन्होंने पत्र लिखे होंगे भेजे भी होंगे... जैसे पहले भी आस नहीं छोड़ी, एक उम्मीद मन में जगाये ही रखी। यह सब देखकर मेरा मन परेशान होने लगता, परन्तु उनसे बात नहीं कर पाती थी।

बस उनसे लिपट जाना ही मुझे आता था और अच्छा लगता था।

फिर भी एक प्रश्न मन में बना ही रहता एक ही जीवन में वही सब कुछ दोबारा क्यों?

■■■

चाँद माँ

जतिन अबकी बार जब भारत आया तो माँ की बात टाल नहीं पाया। वह माँ को बहुत प्यार करता था। माँ चाहती थी वह किसी भारतीय लड़की से विवाह करके भारत में ही बस जाये किंतु वह अपनी शिखर को छूती पोजीशन को छोड़कर वापस नहीं आना चाहता था। पर इस बार माँ की भावनात्मक धमकी काम कर गई उसने लड़की देखी, ना नहीं कर पाया क्योंकि चंदा ने उसकी ये शर्त मान ली थी कि वह विवाह के बाद माँ के पास ही रहेगी। उसके साथ विदेश जाने को कभी नहीं कहेगी। सहज रूप में वह भारत आता जाता रहेगा। विवाह हो गया, वह विदेश वापस चला गया। चंदा जैसी सेवा पारायण बहू पाकर माँ धन्य थीं। जतिन अक्सर आता जाता रहता था चंदा बहुत ध्यान रखती माँ का भी जतिन का भी। चंदा गर्भवती हुई बच्चे के जन्म का समय आया जतिन के चक्कर जल्दी-जल्दी लगते रहे। प्रसव के बाद डॉ. ने बताया, बच्चा मृतक और बेजान, साथ में इस प्रकार विकृत कि वह उसको दिखा कर उनकी मानसिक स्थिति को और अधिक कष्ट नहीं पहुँचाना चाहती और चंदा हॉस्पीटल से खाली गोद लिए वापस लौट आई। माँ ने तो सोचा था कि चंदा एक सुन्दर से बेटे को जन्म देगी और जैसे वह अपने बेटे जतिन को प्यार करती है जतिन भी अपने बेटे के प्यार में बंध कर स्वदेश वापस लौट आयेगा किंतु विधि का विधान कितना विपरीत!

कुछ दिन सब उदास रहे फिर सब नॉर्मल सा होने लगा जतिन आता जाता रहा। समय का चक्र चलता रहा और एक समय आकर

जैसे समय का चक्का थम गया। चन्दा ने फिर से एक मृतक बच्चे को जन्म दिया। माँ विधि के इस कठोर आघात को झेल नहीं पाई। उन्हें इस पार्थिव शरीर से मुक्ति मिल गई ईश्वर की शरण में।

चंदा को एक और आघात लगना था। जतिन ने कहा कि डॉ. ने बताया है कि वो कभी भी एक स्वस्थ सामान्य बच्चे को जन्म नहीं दे पायेगी और उसे समझाया कि वह अब उसे विवाह के बंधन से मुक्त कर दे। उसने इस समझौते को भी स्वीकार कर लिया। जतिन के बंधन से मुक्ति के साथ-साथ संसार से भी बंधन त्याग दिया और आश्रम में आकर भागवत भजन में ही मन रमाया। आज वह इस बड़े आश्रम की ममतामयी माँ है।

समय कैसे गुज़र गया और गुज़र रहा है वह चंदा ही जानती है। कितना शांत लगता है सागर। गहरा है पर गहराई की थाह क्या है आभास भी नहीं हो पाता। चंदा ने प्रारंभ से ही सब कुछ भाग्य पर छोड़ा और स्वीकारा था।

चंदा माँ की कहानी सभी जानते हैं कभी कुछ छुपाया नहीं किसी से। भाग्य में जैसा मिला स्वीकार किया। सबके सामने उनके अतीत के विषय में ना कोई बात करता, ना टिप्पणी। सभी उनके आदेशों, उपदेशों के समर्थक; ना कोई तर्क ना अविश्वास। उनके आश्रम की चर्चा दूर-दूर तक फैल गई थी विदेशों से भी लोग आते, उनके उपदेशामृत का आनन्द लेते और स्थाई सदस्य बन जाते। उपदेश सुनना, टेप करना, कैसेट बनाना साधारण बात थी पर कैमरे का प्रयोग नितांत वर्जित था। चंदा माँ की फोटो किसी भी पुस्तक या कैसेट पर नहीं छापी जा सकती थी, ये नियम था, आदेश था। सभी मानते थे इस आदेश को सहर्ष और बिना किसी शिकायत के।

आश्रम से बाहर के लोग जब कैसेट से उपदेश सुनते तो स्वाभाविक उत्सुकता जागती ये चंदा माँ कौन हैं, कैसी लगती हैं, कैसी दिखती हैं, कौन हैं? इसका उत्तर तो उनके बारे में सुनकर पता चल जाता किन्तु कैसी दिखती हैं ये कोई कैसे बताये बस एक ही उत्तर होता वह चाँद से भी अधिक सुन्दर हैं लोगों की उत्सुकता और बढ़ जाती और वो, सुनने के साथ-साथ उन्हें देखने भी आते।

इन्हीं देखने आने वालों में एक लड़की विदेश से आई है। साधारण वासियों की तरह रह रही है किन्तु चंदा माँ को देखकर उत्सुकता शांत नहीं हुई है। प्रार्थना में स्थिर होकर शांत होकर बैठती है पर निगाहें चंदा माँ का मुंह ताकती हैं अपलक; क्या है उन निगाहों में जो चंदा माँ को भी असमंजस में डालता है सोचने पर मजूबर और बेचैन करने का दुस्साहस करता है। सभा विसर्जित हो जाने पर भी वे आँखें चंदा माँ का पीछा नहीं छोड़तीं।

किसी के व्यक्तिगत जीवन में झाँकना या पूछताछ करना आश्रम के नियमानुसार वर्जित था। वैसे तो पहले भी कई श्रद्धालु उन्हें एक-टक अपलक निहारते रहे हैं; पर नहीं, इन आँखों के पीछे कुछ और भी है। क्या है वह जो माँ के मन की अथाह गहराई में लहरें पैदा कर रहा है?

माँ अपना अतीत एक प्रकार भुला ही बैठी थीं सोचने पर मज़बूर हो जातीं किससे मिलती है यें आँखें, इन आँखों का भाव? इस उलझन का कोई हल नहीं निकलता। चंदा माँ फिर अगले दिन की प्रतीक्षा करने लगतीं उसको निहारना और उलझन का बढ़ना। एक दिन अचानक चंदा माँ को ऐसा लगा कि कोई विचार, कोई प्रश्न है उसके मन में जिसका उत्तर वह मुझमें खोज रही है। पर वह क्या विचार है? या तो वह स्वयं बताये या चंदा

माँ स्वयं समझ जाएं क्यूंकि बात करने का बताने की तो दोनों ओर से संभावना ही नहीं थी। चंदा माँ का मन अपना चैन खोने लगा था पर उन आँखों की स्थिरता ज्यों की त्यों थी।

धीरे-धीरे उन आँखों की स्थिरता में छुपे कुछ भाव नज़र आने लगे उनके अपने मन के भाव या अपने मन का वहम या फिर जैसे वो कह रही हों आपने क्यों झेला वो सब कुछ? आप मुझ पर विश्वास कर सकती हो। वह किस बात के लिए विश्वास दिलाना चाहती है?

माँ अपना ध्यान निरन्तर उपदेश में रखतीं पर अब उनकी आँखें भी उन दो आँखों में कुछ खोजती सी लगती। जब खोज दोनों ओर से होने लगे तो अवश्य ही एक बिन्दु तो होगा ही जहाँ खोज पूरी होगी। खोज का अर्थ मिल जायेगा। और एक दिन उपदेश के बीच उन आँखों के भाव की समानता ने चंदा माँ का ध्यान भंग कर दिया। चंदा को जतिन की माँ के मरते समय की पथराई आँखों के भाव याद आ गए और उनके मुंह से अचानक निकल पड़ा नहीं-नहीं... जैसा कि उसके मुंह से जतिन की माँ की मृत्यु के समय निकला था। सभा में सभी चौंक गए। हाँ, वह पथराई आँखों वाली लड़की बेहोश होकर लुढ़क गई थी। उसे सभी सहायता करके होश में लाने का प्रयास कर रहे थे। परन्तु चंदा माँ सोच रही थी उन आँखों के पथराये भावों के बारे में। पहली बार तो भाग्य ने अवसर ही नहीं दिया था उन पथराई आँखों के भावों का अर्थ पूछने का, वह क्या कहना चाहती थीं और जतिन की माँ चल बसी थी; पर इस बार चंदा माँ चाहती थीं कि उन्हें पूछने का, अवसर मिल जाए। ईश्वर ने उनकी प्रार्थना सुनी उस लड़की को होश आने लगा था। पहला शब्द उसने कहा था 'माँ'। वह ज़ोर ज़ोर से रो रही थी। उसने कहा

था घबराने की कोई बात नहीं किसी टैंशन के कारण चक्कर आ गया था अब स्वस्थ है। पर ये आँसू शारीरिक स्वस्थता के बाद भी मानसिक अस्वस्थता के द्योतक थे। क्या है वह टैंशन? जिज्ञासा, प्रश्न- जिसका उत्तर वह चाहती, वही उत्तर तो मेरे सभी सवालों का भी होगा। डाक्टर की दी हुई दवा के कारण उसकी आँखें बोझिल थीं। दो सेविकाएँ उसकी देखभाल के लिये रुकीं थीं। आज चंदा माँ वहाँ से उठ नहीं पाई थीं। वह दवा के असर से बाहर होकर जाग गई थी- उसके जागते ही चंदा माँ ने अपने को सँभाला और सेविकाओं से उसका ध्यान रखने के लिये कहकर अपने कमरे में चलीं गईं। इस बीच उसके बारे में जो जानकारी मिली वह यूँ थी।

वह अमेरिका से आई है नाम है 'मून' और रिसर्च में व्यस्त है। कुछ भक्त जो यहाँ से पिछली बार अमेरिका गए थे उन्हीं से प्रभावित होकर आई है, अत्याधिक जिज्ञासु है और आश्रम के हर नियम का पालन सावधानी और आज्ञाकारिता के साथ करती है।

चंदा माँ की जिज्ञासा अधिक जानकारी पाने के लिए बढ़ जाती पर आश्रम के नियम! उसने फॉर्म में इतना ही लिखा था। अब समय ही इस मेरी कहानी को हल करेगा। समय की प्रतीक्षा करनी होगी। वह पहले से अधिक सहल हो गई थी, अधिक समय मेरे पास और साथ रहने का प्रयास करती वह भी मुझे माँ कहती पर इस माँ शब्द का भाव और माँ शब्द से पृथक है। यह मेरे मन का अपना विचार मात्र नहीं था। प्रतिदिन मुझे इसका आभास अधिकाधिक पक्का होता जा रहा था।

मैं देखती थी कि वह पढ़ाई में मेधावी होने के साथ-साथ धार्मिक पुस्तकों में भी अधिक रुचि व जिज्ञासु मन के साथ प्रतिदिन अनेक प्रश्नों के साथ मेरे पास आ जाती उनका उत्तर

पाने के लिए। हम दोनों अनेक विषयों पर बातें करते, पर मेरे मन में हर बार कुछ नए प्रश्न उभर आते उसके बारे में ये सब क्या है? क्यूँ है?

मैं उसके प्रत्येक तौर तरीकों को ध्यान से निरीक्षण करती। उसकी कोई ना कोई बात, कोई तरीका, कोई ना कोई भाव मुझे उसी तरह जतिन की माँ की याद दिला जाता जैसे उसकी बेहोश होते समय की पथराई आँखें। क्या मेरे मन की आशंका निराधार नहीं? क्या यह जतिन की कुछ है? क्या है? कौन है? अब प्रश्नों का रूप बदल रहा था परन्तु प्रश्न तो थे ही जिनके उत्तर की तलाश है।

यह मैं समझ गई थी वह किसी की तलाश में भारत आई है। किसी व्यक्ति की या अपने कुछ प्रश्नों के उत्तर की।

अचानक मुझे ध्यान आया अपनी उम्र का जब मैं 'मून' की उम्र की थी। कैसे वैराग्य से भरी थी मैं तो सन्यासिनी ही बनूँगी। वैसे भी गृह पुरोहित ने बताया था मेरे भाग्य में सांसारिक सुख नहीं। बस आगे कुछ भी नहीं बताते थे मैं भी निश्चय कर बैठी थी सांसारिक सुख नहीं तो वैराग्य का सुख ही भोगूँगी।

किंतु जतिन से मिलने पर, उसके हाँ कहने पर, पुरोहित की बात से विश्वास उठ सा गया था। किंतु अंत में पुरोहित की बात ही सत्य निकली और मेरी बात भी पूरी हो गई थी, इस आश्रम में आकर। सब कुछ भाग्य का विधान मानकर ठीक ठीक चल ही रहा था। तो आज मून से मिलकर बीता समय क्यों याद आ रहा है? मून की उम्र की और भी कई लड़कियाँ आश्रम में हैं उन्हें देख कर कोई जिज्ञासा नहीं हुई, मन में प्रश्न नहीं उठे। पर अब जो कुछ मन में चल रहा है, उससे तो आश्रम के नियम टूटते हैं वो भी मेरे ही द्वारा?

मैं उसके धैर्य की सराहना करती वो अधिक से अधिक प्रश्न और जिज्ञासा लेकर मेरे सन्मुख आती उसके प्रश्नों का मैं समाधान करती पर मेरे अपने मन में और अधिक प्रश्नों के ढेर लग जाते। ये इतनी अधिक जिज्ञासु क्यों है क्या ये जो प्रश्न पूछती है उसी का उत्तर या उससे भी अधिक कुछ और जानना चाहती है? यदि हाँ तो क्या। इतने अधिक धैर्य का संस्कार इसे कहाँ से मिला? मैं उसके संस्कार दाता के बारे में जानने को उत्सुक हो जाती पर चुप रह जाती।

*****

जतिन की माँ सदा कहती थीं "बेटा, तू विवाह कर ले मैं एक पोते का मुंह देखूँ क्या मेरे लिए इतना नहीं कर सकता?" मैं बात टालने के लिए कहता- "यदि लड़का ना होकर लड़की ही हुई तो?" वो उदास हो गई थीं। माँ को एक पंडित ने बताया था "पोते का मुंह नहीं देख पाओगी, और पोतियों का जन्म ही तुम्हारी मृत्यु का समय होगा।" डूबी आवाज़ में माँ ने कहा था "होनी को कौन टाल सकता है मेरी मृत्यु इसी विधि लिखी है तो यूँ ही होगी।"

कौन जानता था कि पंडित इतना सच्चा भविष्य ज्ञाता हो सकता है? किन्तु जब वैसा ही हो जाता है तो मनुष्य क्या करे? किसे दोष दें? विधि का विधान समझ कर सहन कर लें। यही सब कुछ जतिन के साथ हुआ था।

वह "ऐनी" को दिलो जान से चाहता था किन्तु पत्नी रूप में घर नहीं ला सकता था। माँ एक विजातीय-विदेशी को बहू मानने के लिए कभी तैयार नही होती। इसीलिये उसने यह बीच का रास्ता निकाला। कितना कठिन था ये निश्चय करना यदि वह ऐनी को सच बता दे तो वह राह से हट जायेगी। किंतु वह

ऐनी के प्यार को खोना नहीं चाहता था वह दोनों के साथ न्याय करेगा। चंदा ने जब भारत में ही माँ के पास रहने की शर्त मान ली तो वह विवाह के लिए राजी हो गया था। जितने समय तक माँ जीवित रहीं, जतिन के व्यवहार से माँ व चंदा यह गुमान भी नहीं कर पाई कि सच क्या है?

चंदा की पहली संतान के जन्म के समय उसने डॉ. बीनू को विश्वास में लिया कि लड़की के पैदा होने पर क्या कहना है और लड़की को डॉ. बीनू ने अपने पास रख लिया था। दूसरी संतान ने जतिन की सारी योजना पर पानी फेर दिया। माँ की मृत्यु के बाद वह भारत आना ही नहीं चाहता था इसलिए दूसरी लड़की को भी डॉ. बीनू के पास रखा। चंदा को दुबारा वही झूठ बोलकर आसानी से स्वयं को मुक्त कर लिया।

जतिन को चंदा ने तो मुक्त कर दिया किंतु भविष्य में वह किन हादसों से गुजरने वाला है इसका उसे एहसास भी नहीं था।

वापस लौट कर उसने ऐनी से विवाह किया। वह अपने जीवन को जितना भी संतुलित करता, घुमाव उतने ही अधिक टेढ़े मेढ़े बन कर सामने आए। ऐनी की पहली संतान! जतिन सोच रहा था काश! आज माँ जिन्दा होती, उन्होंने ऐनी को स्वीकार कर लिया होता अल्ट्रासाउण्ड टेस्ट से वो जान गया था कि गर्भ में बेटा है। बेटे के खयाल से वह खुश था। पर ये खुशी अधिक देर नहीं टिक पाई और डॉ. बच्चे को बचा नहीं पाई। ऐनी की जान को खतरा देख उन्हें कुछ ऐसा ऑप्रेशन करना पड़ा जिसके कारण ऐनी अब कभी माँ नहीं बन पायेगी। इस हादसें को जतिन कैसे स्वीकार करे? माँ पोते का मुंह नहीं देख पायेगी। दूसरी बेटी के जन्म के समय माँ का निधन, ये भविष्यवाणी तो पूरी हुई पर ऐनी के साथ ऐसा क्यों हुआ?

जब ऐनी होश में आई, उसे वास्तविकता का ज्ञान हुआ तो वह बस इतना ही कह पाई उसे किसी टैरो रीडर ने बताया था कि बेटे का होना उसके जीवन के लिये भारी होगा। इससे तो अच्छा था चाहे दो बेटियाँ ही हो जातीं। जतिन इस दुःख को भी विधि का विधान समझ कर झेल गया।

जीवन धारा फिर बहने लगी। जतिन को पूरी तरह याद था डॉ. बीनू को दिया हुआ वचन, अब उसे पूरा करने का इरादा बना लिया। डॉ. बीनू का नर्सिंग होम भी अपने ही तरीके का निराला ही था। किन्हीं विशेष परिस्थितियों में माता पिता अपनी बेटियों को प्रसव के लिये वहाँ लाते और उन अनब्याही बेटियों की संतान को डॉ. बीनू अपने नर्सिंग होम में रख लेती उनका स्टॉफ उन बच्चों की देख भाल करता। उन्हीं में थी जतिन की दोनों बेटियाँ भी। ऐनी ने कितने प्यार से स्वीकारा था दोनों बेटियों को। बेटियाँ छोटी ही थीं बेटियों की तो ऐनी ही माँ थी। और जतिन पिता।

समय बीता- बेटियाँ बड़ी हो रही थीं उनका रंग रूप देखकर सारा भूतकाल, वर्तमान बनकर खड़ा हो जाता जतिन के सामने। बड़ी बेटी हूबहू चंदा जैसी थी विवाह से पूर्व जब माँ ने चंदा के बारे में बताया था तो यही कहा था। "नाम तो चाँदनी है पर है चाँद से भी सुन्दर" माँ ने सच कहा था। आज भी जो चाँदनी को देखता था, यही कहता था इनका नाम चाँदनी है, सुन्दर है, पर ये स्वयं तो चाँद से भी अधिक सुन्दर है। ऐसी सुन्दरता और कहीं देखी नहीं। जतिन जब भी ऐसी बातें सुनता उसे माँ की बात याद आ जाती, और याद आती चंदा।

ऐनी ने दूसरी बेटी का नाम मून रखा था। वह देखने में बहुत कुछ माँ जैसी थी कई हाव भाव माँ जैसे लगते। ये सब छलावा

जतिन स्वीकार करता रहा विधि का विधान समझ कर किंतु एक दिन मून ने ऐलान किया था कि भारतीय दर्शन के अध्ययन के लिये वह भारत जा रही है तो जतिन चौंक गया। इतने वर्षों में वह भारत को तो जैसे भुला ही बैठा था। उसके मन में एक भय भावना ने घर कर लिया। अब ये अवश्य कहेगी- पापा आप तो भारतीय हो बताओ मैं आपके किन मित्रों या सम्बन्धियों से मिलूँ किसी के लिये कोई मैसेज़? और अचानक उसे उत्तर भी सूझ गया "बेटा, बीस वर्ष बीत गये- भूल गया हूँ मुझे भी अब वहाँ कौन याद करता होगा? पर हाँ तुम्हारी क्या योजना है कौन सी यूनीवर्सिटी में दाखिला मिला? और यहाँ की सारी पढ़ाई छोड़कर तुम्हें भारतीय फ़िलॉसफी ही पढ़ने की क्या सूझी?" मून ने जान बूझ कर इस प्रश्न का उत्तर नहीं दिया। जतिन समझ रहे थे। अब जीवन-चक्र पूरा होगा। मैं भारत से यहाँ आया और ये यहाँ से भारत जा रही है। अमेरिकन पहनावा, बोलचाल, नाम आदि से ये कभी अमेरिकन नहीं रही किन्तु भारतीय संस्कृति और फ़िलॉसफी से प्रभावित है ये आज का जाना। इस प्रकार जतिन को उलझन में छोड़ कर मून चंदा माँ के आश्रम में आ गई थी। भारत से लौटी उसकी एक कॉलेज दोस्त ने उसे बताया था "चंदा माँ के आश्रम के बारे में और उनके व्यक्तित्व के बारे में उसने कहा था चंदा माँ चाँद से भी अधिक सुन्दर है उन जैसी सुन्दरता कहीं देखी नहीं।"

हाँ यही वाक्य तो उसने हज़ारों बार सुना था अपने जीवन में। यही वाक्य चाँदनी के बारे में हमेशा कहा जाता था। वो सोचती थी मून मेरा नाम है पर सब कहते हैं चाँदनी चाँद से भी सुन्दर है ऐसी सुन्दरता कहीं देखी नहीं। उसे लगा यह चाँद से अधिक सुन्दरता का सानी भारत में है तो अवश्य देखना ही है। क्या सच है, वह कैसी है, कौन है?

आश्रम में आकर हज़ारों सवालों का जन्म उसके अन्तर मन में उठा, पर यह कैसे सम्भव? क्या राज़ है इसमें कि एक मिसाल भारत में और दूसरी अमेरिका में? क्या कुछ संबन्ध है इस सब में? इसी उत्तर की तलाश है उसे। इस बात की तह तक जाने के लिए वह पूरे धैर्य से काम लेगी, चाहे कितना ही समय लगे!

जतिन कह रहा था "मैं तुम्हारा गुनहगार हूँ।" और चंदा सोच रही थी गुनहगार-या? अगर तुम उस दिन ऐसा महसूस ना करते तो तुम स्वयं को आज गुनहगार ना कहते, और आज मैं यहाँ नहीं हो पाती जहाँ हूँ।

सब कुछ विधि का विधान है जतिन। जहाँ तुम हो वह भी और जहाँ मैं हूँ वह भी। यही अपराध का भाव था उसके चेहरे पर जब वह कह रहा था, "माँ नहीं सह पाई पर चंदा हमें तो अपनी संतान खोने का दुख सहना ही पड़ेगा।" जतिन नहीं जानता था कि जो सच वह छुपा रहा था उसका चेहरा उसे बता रहा था। उसने छुपाया था कि दो बेटियाँ हुई हैं माँ का वहम कहीं सच ना हो जाए। माँ को पोते का मुंह देखना नसीब में नहीं है और दो बेटियाँ होने पर उनका अंत पास आ जायेगा और वह आ गया था। माँ की ज़िन्दगी के लिए झूठ बोला और उस झूठ का भार जीवन भर ढोया था।

मैं कह रही थी "जतिन तुम तो अपरम्पार हो। तुम गुनहगार कहाँ? तुमने तो आरंभ से अंत तक सबको प्यार किया। अपने कर्तव्य पूरे किए। जो कुछ जिसके भाग्य में था उसे मिलता गया। उस होने या होनी के बीच का जीवन तुम सहजता से जीते रहे और आज भी अपने गुनहगार मन का भार हल्का करने के लिए उसी सहजता से तुम मेरे सामने आ कर खड़े हो गए हो। जो नहीं होना चाहिये था, उसे तुम रोक नहीं पाए।"

"श्री कृष्ण भी अभिमन्यु को कहाँ बचा पाए थे... वो नहीं बचा पाए थे, परमप्रिय द्रौपदी के पाँच पुत्रों को, विधि के विधान को तो स्वयं भगवान भी नहीं मिटा पाए तुम भी नहीं..."

"तुम माँ को बहुत प्यार करते थे उनकी खुशी के लिये उनकी इच्छा पूरी करने का पहला कदम उठाया। तुमने मुझ पर कुछ भी थोपा नहीं तुम्हारे प्रस्ताव को अस्वीकार करने की मुझे स्वतंत्रता थी मैंने ही स्वीकार किया था कि कभी भी तुम्हारे साथ विदेश जाने को नहीं कहूँगी। तुम्हें भला किस बात का दोष दूँ। तुम माँ, मेरे और दोनों के लिए सच्चे रहे। मेरी संतान के जन्म के समय माँ की स्थिति को देखते हुए जो तुमने उचित समझा वो किया।"

"अरे जतिन। वह झूठ कहाँ था?"

अच्छे इरादे के साथ कही हुई बात को कभी झूठ नहीं कहा जा सकता। यह तो शास्त्रों में भी लिखा है कि किसी का जीवन, झूठ/सच से कहीं अधिक महत्वपूर्ण है। बल्कि सर्वोपरि है। तुमने तो आदर्श बेटा होने की मिसाल रखी थी। समय ने ही तुमको मौका नहीं दिया बात के स्पष्टीकरण का। माँ ही जब नहीं रही तो तुम अन्तर में कैसे टूट गए होंगे? और उस घोर भावनात्मक त्रासदी को झेलते समय तुम कितने अकेले पड़ गए होंगे कैसे सोच सकती हूँ मैं वह सब कुछ! यह तो वही जान सकता है जो उस स्थिति से गुज़रता है। उस एक क्षण के झूठ से मैं तो संतान के संताप से मुक्त हो गई थी और उस एक झूठ ने तुम्हें अपने को मुक्त करना भी सरल कर दिया था। तुम तो संतान को मेरे पास छोड़कर भी मुक्ति पा सकते थे पर तुम्हारे नाम के साथ जुड़कर मुझे मुक्ति कहाँ थी? तुमने मेरी इस समस्या को भी अपने सिर ओढ़ लिया। इन दोनों बेटियों को, माता पिता दोनों

का पूरा प्यार, संरक्षण, उज्जवल भविष्य, सामाजिक सुरक्षा सभी कुछ दिया तुमने। मैं अकेली भला ये सब कुछ कहाँ दे पाती! मेरे भाग्य में जो था मुझे मिला, पर इन दोनों को भी तो मेरा नहीं ऐनी का प्यार मिलना लिखा था वो मिला। तुम तो केवल साधन मात्र रहे- गुनहगार कहाँ? अपने मन से ग्लानि का भाव निकाल दो जतिन। मेरा विश्वास करो मैं ये सब कुछ मन से और सच कह रही हूँ। मेरी बातों पर अविश्वास करोगे तो मुझे लगेगा कि मेरी तपस्या अधूरी रह गई।

"सबको इतना उपदेश देती रही हूँ। क्या वही उपदेश मैं स्वयं को नहीं देती रही हूँ?"

"मैं भी उपदेश देने का एक माध्यम ही रही हूँ। सारा ज्ञान तो परमपिता का दिया ज्ञान हैं मैं वक्ता भी रही थी और श्रोता भी मैंने दोनों ही बन कर तप किया है, विश्वास है आज मेरी तपस्या भंग नहीं होगी।"

■■■

नानी

ओ नानी आज तुम्हारी बहुत याद आ रही है, लगता है ज़िन्दगी स्वयं को दोहरा रही है। लगभग यही उम्र रही होगी तुम्हारी जो आज मेरी है। मुझे उस समय की तुम्हारी उम्र का भला क्या अंदाजा था। हाँ आप होंगी लगभग साठ की पर मुझे पता नहीं क्यूं अधिक बूढ़ी लगती थीं। हम दोनों की उम्र के बीच का अन्तर अधिक था साठ वर्ष का, शायद, यही होगा?

मैं आठ वर्ष की अल्हड़ लड़की हर समय आपके चारों ओर डोलती रहती। हम दोनों की दिनचर्या कुछ एक सी ही लगती थी, वो यूं थी। सबेरे उठ कर आप घर के कामों में और मैं स्कूल में। दोपहर को तुम्हें मेरे स्कूल से वापिस आने का इंतजार और मुझे घर पहुँचकर ढेर सारी स्कूल की बातें सुनाने का। आपकी गोद में बैठकर आप के हाथ से खाना खाती और मैं आप को खिलाती। तीसरे पहर में आप का समय गोलियाँ बनाने में और मेरा समय उन्हें चखने में गुज़रता। कुछ गोलियों का स्वाद कैसा होता था, मैं आज तक भी सोचकर कोई नाम नहीं दे पाती।

आप तरह-तरह की जड़ी-बूटियाँ कूट पीसकर छोटी बड़ी मोटी बारीक छलनियों में छानतीं। कभी-कभी तो उन पत्तियाँ का इतना कचूमर निकालतीं कि बारीक कपड़े की विशेष छलनी बनाकर उसमें छानती। मोटा भाग फिर कूटतीं, फिर छानतीं, फिर कूटतीं फिर छानतीं। पता नहीं कब तक यह क्रम चलता। मैं थक कर इधर उधर खबरें इकट्ठी करने चली जाती और लौटने पर एक नया ही दृश्य देखने को मिलता।

उन पिसी हुई दवाइयों को कभी नींबू के रस में तो कभी मूली के और कभी अदरक तो कभी करेले के रस में आटे जैसे मलतीं, गूँधतीं और फिर उसकी नन्हीं-छोटी बड़ी गोलियां बनाकर सूखने को फैला देतीं।

वह दिन याद आने पर तो आज भी हंसी आ रही है। जब आप प्याज़ और लहसुन का रस निकाल रहीं थीं, आपकी आँख नाक से पानी बह रहा था। आँखें लाल हो रहीं थीं अच्छी खासी डाकू जैसी लग रही थीं। मैं हँस रही थी परन्तु आप अपने काम में व्यस्त थीं, काम जल्दी खतम करके शाम की महफिल का समय जो होने वाला था।

शाम को आप का समय आराम का होता। निराला ही तरीका था आप के आराम करने का। आप बाहर के कमरे में एक नीचे छोटे से तख्त पर जमकर बैठ जातीं अपने पान-दान के साथ। आस-पड़ोस की औरतों का जमघट आप को घेर लेता। सभी आतीं थीं अपनी अपनी किसी बीमारी और कहानी के साथ।

इस समय मैं किवाड़ के पीछे छुपकर बैठ जाती। उन औरतों की पीड़ा और आपकी मरहम भरी बातें सुनने में मुझे एक अनकहा आनन्द आता। आप उनके शारीरिक और मन की पीड़ा ध्यान से सुनतीं। उनका दुःख दर्द सुनकर आपका मन मस्तिष्क जरूर कुछ हल ढूंढ निकालता। आपकी आँखों से टपकते अपनत्व से ही उन के आधे दुःख दूर हो जाते। सब कुछ सुनते समय आप के हाथ पास रखी रंग बिरंगे कपड़े की थैलियों के खुले मुंह में से गोलियां निकाल कर छोटे-छोटे कागजों की पुड़िया बनाते रहते। सब कुछ सुनते करते समय आप का मुंह पान चबाता रहता और जब आपके हाथ पुड़िया बाँध चुके होते तो आप उस महिला का हाथ थाम कर वह पुड़िया पकड़ा देतीं,

दूसरे हाथ से उसका दूसरा हाथ या फिर कमर-सिर थपथपा देतीं। तब तक आपके मुंह का पान भी खतम हो चुका होता और आप लम्बी घूँट भर कर मुंह खोलतीं। उसे आशीष देतीं साथ ही बता देतीं गोली खाने का समय, दिन में कितनी बार और किस चीज़ मतलब, पानी ठंडा गर्म गुनगुना, या फिर दूध मीठा फीका या शहद गन्ने का रस या मलाई या फिर और कुछ, जो आप उसके घर के हालात के अनुसार उचित समझतीं, बता देतीं।

अब अपना पान दान फिर पास में सरकाती एक नया पान मुंह में रखतीं तब तक दूसरी महिला आप के पास तक सरक आती और वही दर्द दुःख, दवा, आशीष का क्रम सात बजे तक चलता। जब आप की महफिल नहीं, क्लीनिक, के सभी मरीज जा चुके होते तो घर के सारे बच्चे और बाकी सदस्य आप को घेर लेते।

अब आप सब की आप बीती सुनतीं और सुनती ही रहतीं, बस कुछ कहती नहीं, जब तक कि कोई कुछ पूछता नहीं। अपनी आप बीती का आपने कभी इस दिनचर्या में चर्चा नहीं किया।

शाम कब गुजर जाती पता ही नहीं चलता। हाँ भला कहाँ चलता है पता, अच्छा समय कैसे सरक जाता है। आज आपका वह जामा पहन लिया है मैंने।

आज मैं सास और नानी बन गई हूँ। फर्क ये है कि मैं भारत में नहीं विदेश में आ बसी हूँ। फिर भी विधाता ने मेरे इर्द-गिर्द भारत ही समेट दिया है। बताती हूँ कैसे गुज़री ये यात्रा आठ से साठ साल तक की। कैसे सिमटा यह समय बीते कल से आज तक का।

आप के व्यस्त जीवन की प्यार भरी छाँव में पल कर मैं आठ से अठारह की हो गई। जब हर वर्ष प्रथम श्रेणी में पास होकर बी.ए. इंग्लिश (ऑनर्स) पूरा किया तब आप खुश भी थीं

और दुःखी भी। जहाँ मेरे अच्छे नम्बर सुख देते वहीं पर आपको मेरे माता पिता का एक्सीडेंट में चले जाना याद आकर आपकी आँखों को भिगो जाता।

बिना माँ बाप की लड़की पढ़ाई में अच्छी होकर भी डॉक्टर बनने का मेरा सपना पूरा करने के लिए नानी का प्यार काफी नहीं था।

आप मेरे इस अधूरे सपने को, अधूरे तरीके से पूरा करने का लोभ संवरण नहीं कर पाईं, जब मामी जी ने अपने भाई के बेटे का प्रस्ताव रखा आपके सामने मेरे लिए जो विदेश में डॉक्टर हैं।

मामी जी के तो एक पंथ दो काज संवर रहे थे, एक अपने भतीजे के लिए पढ़ी लिखी, सुशील लड़की मिल गई थी। दूसरा अपनी भानजी के लिए डॉक्टर! और वह भी विदेश में बसा हुआ अच्छा लड़का बताकर इस परिवार के प्रति अपनी पूरी जिम्मेवारी निभाने का श्रेय प्राप्त करने का अवसर मिल गया था।

मैंने तो बस सीखा था नानी के साथ रहना, कानों से सुनना, मुंह चुप रखना, हाथों से काम करना, मन से पढ़ाई करना और नानी की बात शत्-प्रतिशत् मानना। नानी मुझे डॉक्टर तो नहीं बना सकीं पर डॉक्टर के साथ ब्याह कर मुझे डॉक्टरनी तो पुकार सकेंगी। भला अब कहाँ देर लगी मुझे नानी से विदा होकर स्वदेश छोड़ कर डॉक्टर पति के साथ यहाँ विदेश आने में।

यहाँ आकर भी दिमाग में नानी की और नानी की जड़ी बूटियों की महक ताज़ा बनी रही। लम्बा समय भी नए वातावरण में स्वयं को समाने के लिए पूरा नहीं पड़ा, आज नानी बन जाने पर भी यहाँ मन कहाँ रमता है, भला जब नानी मन में रमीं हों।

यहाँ आने के बाद मैं नानी तुम्हें कभी नहीं मिल पाई। बरसों नानी मुझे डॉक्टरनी जी कहकर बुलाने को तरस गई होंगी।

इच्छा पूरी हुई भी या आधी अधूरी ही रह गई वे ही जाने। उनके अन्तिम समय पर मैं वहाँ पहुँच नहीं पाई और उनके बाद मैं स्वयं ही वहाँ नहीं गई। नानी के बिना स्वदेश भी अपना देश कहाँ?

यहाँ का जीवन! क्या कहा जाए! कैसा है? बस मेले में अकेले जैसा आभास है। डॉक्टर पति व्यस्त, बहुत व्यस्त हॉस्पिटल में। मैं घर के प्रत्येक काम में। जो काम मैंने पहले कभी नहीं किए थे खाना बनाना, घर साफ करना, कपड़ों की धुलाई, स्त्री करना, बाजार की सौदागिरी सभी कुछ करने में तन तो मशीन बन गया। मन को तन के साथ थामे रखने के लिए प्रयत्न करना पड़ता। डॉ. साहब को पत्नी चाहिए थी, गृहस्थी चलाने के लिए सो उन्हें मिल गई थी। मुंह से चुप, हाथ-काम से चुस्त। मेरी इंग्लिश की पढ़ाई को विशेष महत्व दिया था इन्होंने मेरे लिए हाँ कहने में। उसी इंग्लिश नॉलेज का वास्ता लेकर इन्होंने मुझे कार चलाना सिखा दिया था लाइसेन्स मिल गया। आस-पास के स्थानों से परिचित करा दिया ताकि सब काम मैं उनकी बिना मदद के स्वयं ही कर सकूं।

उनकी आशा से भी कम समय लगा इस सब कुछ सीखने में, अब वह अपनी ड्यूटी मेरे प्रति पूरी कर चुके थे। मुझे सब भौतिक सुख-सुविधा मुहइया करा कर। तन थकने पर सो जाती जाग कर फिर काम में लग जाती। पर समस्या तब हुई जब यह शरीर आदी हो गया इस दिनचर्या का। काम पूरा हो जाने पर भी समय बाकी बच जाता। इसको भरने के लिए, मस्तिष्क को भी व्यस्त रखने के लिए मैंने पास ही लाइब्रेरी में जाना आरम्भ कर दिया। मन की प्यास को वहाँ सुकून मिला। आरम्भ में तो सभी विषयों की पुस्तकों में भटकती रही, पर मन टिका तो भी भला कहाँ। किस विषय पर? 'होमियोपैथी'।

डॉ. पति ने अपनी जिम्मेदारी के अनुसार मेरे खाली पन को भरने का विचार बनाया और समयानुसार मैं बिटिया की माँ बन गई। समय फिर अपनी ही रफ्तार से गुज़रने लगा। हाँ अब बेटी पाकर, माँ बनकर नानी की जगह माँ की याद भी आने लगी। वे यादें बहुत धुंधली थीं। यादें अधिक ताज़ा हो गई थीं। नए एहसास के साथ। मैं सोचने लगी थी कि यदि माँ बेटी का रिश्ता यह होता है तो मैंने कितना खोया है कितना कम मिला है जीवन रस। कितना कम मिला सुख प्यार दुलार एहसास अचानक फिर से नानी के प्यार दुलार का एहसास लौट आता। अपनी माँ की धुंधली यादों को ढककर मैं फिर से नानी के रास्ते से गुज़रकर वर्तमान में माँ बेटी के रिश्ते से जुड़ जाती।

अभी भी भारत की भाषा भूली नहीं थी। मन भर कर मैंने बिटिया से अपनी भाषा में बचपन की भाषा में बातें करने की ठानी, परन्तु मेरे पति मेरा यह प्रभाव अपनी बेटी पर नहीं होने देना चाहते थे। परिस्थिति का रुख उन्होंने अपने तरीके से ही सम्भाला। बिटिया की देख रेख व मेरी सुविधा के लिए एक सहायिका का प्रबन्ध हो गया था। वह मेरी बिटिया को अपने ही विदेशी तरीके से पालती और विदेशी भाषा में बात किया करती। धीरे-धीरे मुझे पूरा एहसास हो गया कि 'नैनी' की भाषा का तरीका मेरी अंग्रेजी से उस माहौल के लिए अधिक हितकारी था, अतः उसने बिटिया को आरम्भ से ही अलग बिस्तर पर सुलाने का प्रबन्ध किया। मैं समझ गई थी यहाँ का तौर तरीका सीखना या सहना एक ही बात है। इस जीवन की गाड़ी को आगे चलाने का मेरे पास और कोई विकल्प था भी कहाँ?

मेरी बेटी का नाम विदेश के माहौल से मेल खाता ही रखा था 'पर्ल' नाम अच्छा था पर मेरे मन में जो था, वह तो नहीं था।

मेरी दिनचर्या में फिर से घर का काम ही आ गया था, समय यूं ही गुज़रता गया। मैं देखती रही अपनी ही बेटी को विदेशी परिवेश में पलते-बढ़ते और रंगते। देखती रह गई बस।

साथ ही साथ सीखती भी रही नैनी से बच्चों को पालने के विदेशी तरीके। मैं जो कुछ भी देखती सीखती अपनी डायरी के पन्नों में सबकुछ समेट कर भर लेती, बेटी की उम्र की बढ़ोतरी का व्योरा लिखने के लिए स्पेशल किताब बाज़ार में उपलब्ध होती, उन्हीं में तुम्हारे हाथ पैर की छाप तुम्हारी, लम्बाई वजन किसी दवाई का रिकार्ड पहला शब्द का बोलना पहली करवट पहला कदम सभी कुछ तो लिखा था अपनी डायरी में।

मैंने बोलना भला कहाँ सीखा था, बस मैंने तो सीखा था, तुम्हें काम करते हुए देखना और तुम्हारी महफिल की महिलाओं की दुःखभरी तान सुनना और बस सुनना बहुत ही काम आई ये सभी सीखें विदेश के परिवेश में।

खाली मन को व्यस्त करने के लिए फिर से मैंने लाइब्रेरी जाना आरम्भ कर दिया। लम्बे समय के बाद मन को फिर से सकून मिलने लगा। अपने मन पसन्द विषय की पुस्तकों के इर्द-गिर्द ही मैं घूमती-फिरती। सब कुछ सहजता से होता रहा और बिना किसी प्रयत्न के ही होमियोपैथी विषय की पुस्तकें मेरी सहेलियाँ बन गईं।

मैं अब पुस्तकें घर लाने लगी। बाजार से भी खरीदने लगी और फिर कुछ नई मैगज़ीन पोस्ट से भी मंगाने लगी। घर पर ही अच्छी खासी लाइब्रेरी बन गई थी, पर मेरा मन और मेरी जिज्ञासा थी, जो तृप्त होने का नाम ही नहीं ले रही थी।

एक बार एक विज्ञापन एक पत्रिका में दिखा अपने शौक की हद बताते हुए अपनी आगे पढ़ने की इच्छा को दर्शाते हुए,

एक प्रार्थना पत्र भेज दिया। उत्तर आने में समय अधिक नहीं लगा था उत्तर क्या आया, ढेर सी पुस्तकें थीं। मैंने आगे आने वाली सम्बन्धित पत्रिकाओं का पैसा जमा कर पढ़ाई आरम्भ कर दी।

मेरे डॉक्टर पति व्यस्त रहते अपने काम और कमाने में। बिटिया नैनी सहायिका की निगरानी में पली बढ़ी और फिर बचपन से किशोर अवस्था तक पहुँचते पूरी तरह से विदेशी आबोहवा से प्रभावित हो चुकी थी। अब हॉस्टल में रह कर पढ़ाई करने चली गई थी। पढ़ाई की बात होने पर अपने पापा से और किसी आवश्यकता होने पर मुझसे बातें कर लेती बस। ईश्वर का या यूं कहो समय का अनदेखा चक्र चलता गया, मेरी पढ़ाई पूरी हो गई थी डिग्री भी आ गई थी। मैं हैरान भी और सन्तुष्ट भी कि जब नानी नहीं रहीं तब उनकी इच्छा पूरी हो गई थी होमियोपैथी करके मेरे नाम से पहले डॉक्टर लग गया था। अब मैं नानी की तरह गोलियों से घिरी रहने लगी थी।

समय तेजी से बदल रहा था अब मुझे गोलियां जड़ी-बूटी-पीस कर नहीं बनानी पड़ती, बस तैयार गोलियां बॉटल में आती हैं जिन्हें अब कागज की पुड़िया में नहीं वरन् काँच या प्लस्टिक की छोटी-छोटी शीशियों में दिया जाता है नानी की यादें निखरने लगीं थीं, समय पलट रहा था, मेरी बेटी अब डॉक्टर बन गई थी। विदेशी लड़के से अपनी पसन्द के लड़के से शादी की थी, हम लोगों से इजाजत ले कर।

समय यूं बदलेगा अनुमान नहीं था, मेरी बेटी अपनी पढ़ाई आगे करना चाहती थी अपने प्राफेशन में अपने पिता की भांति ही आगे बढ़ना चाहती थी। अपना पूरा समय काम में व्यस्त रहना चाहती थी। वह अपने घर के काम में घर नहीं बैठना चाहती थी। उसने अपनी बेटी को पालने की जिम्मेदारी मेरे ऊपर छोड़

दी थी, यहाँ तक कि उस बच्ची का नाम रखने का भी मुझे पूरा अधिकार मिला।

रिश्ता बदल कर फिर वही पुराना रिश्ता हो गया था। नानी और बेटी का। यह रिश्ता माँ–बेटी का नहीं जिससे मैं अपने जीवन में दोबारा अपरिचित रह गई थी। यह रिश्ता वही पुराना रिश्ता था नानी और बेटी का जिससे मैं भली–भांति परिचित थी। (जिससे मेरा परिचय बड़ा पुराना था)

समय ने पलटी खाई थी मैंने भी अब विदेश के तौर तरीकों से परिचय बना लिया था। अब मैं नानी बन गई थी। इस बार नानी की ही तरह मैंने इस बेटी को अपनी भाषा भी सिखाई। अपने तौर तरीकों और संस्कार से पूरा परिचय कराती, कहानियां सुनाती जैसे नानी तुमने सिखाया था मुझे। सभी कुछ दुहराया जा रहा था एक नए परिवेश में, एक नए अन्दाज के साथ अब वह बोलना सीख रही थी, पहला शब्द जो उसने बोला मुझे निहाल कर गया उसने मुझे पहली बार नानी कहा था, मेरी बेटी की तरह नैनी नहीं।

अब बेटी लगभग चार वर्ष की हो गई है। हर समय मेरे इर्द–गिर्द घूमती रहती है। यदा कदा मेरी गोलियों से भरी पेटियों से छेड़ खानी करती है। आज कह रही थी "नानी ये गोलिया तो बड़ी मीठी है और दो ना?" नानी मैंने बिलकुल तुम्हारी ही तरह दोहराया था "ना, और नहीं खाना ये मीठी हैं पर मिठाई नहीं।"

नानी तुम यादों में मेरे साथ रही थीं, पर अब हर समय, हर व्यवहार में मेरे साथ हो। बड़ी याद आती है बचपन की और नानी तुम्हारी। यह मेरी बेटी की बेटी बस तुम्हारा ही रूप है नानी, तुम पलट कर आ गयी हो मेरे जीवन में, जानती हो किस रूप में हाँ नानी इस बेटी के रूप में जिसका नाम मैंने अनजाने में रख दिया था– 'नीना'। हाँ नानी– नीना।

गूंगी बहरी

आज श्रेष्ठा बहुत खुश है। इतना खुश तो उसे कभी किसी ने देखा ही नहीं। वह इतनी प्रसन्न कभी हुई भी नहीं थी। होने का कोई कारण भी नहीं बना था। आज तक उसने सभी कुछ खोया ही था कुछ मिलने से पूर्व और कुछ मिलने के पश्चात् भी परन्तु आज दृश्य कुछ और ही है। प्रसन्नता का भाव सबके मन में होते हुए भी चेहरों पर नहीं आ रहा क्योंकि आश्चर्य का भाव अधिक घनेरा है जो खुशी के हर भाव को ढंक देता है। आज श्रेष्ठा आई.ए.एस. ऑफीसर बनने जा रही है। उसे ट्रेनिंग पर ज्वाईन करना है। इसके लिए उसने अधिक परिश्रम किया था और दिन रात प्रभु से प्रार्थना की थी। आज की खुशी उसकी मेहनत, पक्के इरादों और सच्ची प्रार्थना का ही तो प्रसाद था। उसने मेहनत की थी, पाँच वर्ष उसने प्रार्थनाएँ की थीं पाँच वर्ष कितना लम्बा समय था, यह आज जब वह याद करती है तो उसे याद आ जाती है पाँच वर्ष पहले की याद, जिसे भुलाने का पूरा प्रयत्न उसने इन पाँच वर्षों में किया है।

उसने इन्टर पास किया था प्रथम श्रेणी। में घर में सभी बहुत प्रसन्न थे। उसे कॉलेज में प्रवेश मिला। पिता की इच्छा के विरुद्ध उसे सह शिक्षा वाले कॉलेज में प्रवेश लेने की अनुमति मिल गई थी क्योंकि माँ चाहती थी। उनकी बेटी मेधावी है प्रथम श्रेणी में बारहवीं पास है। उसे पूरा अधिकार मिलना चाहिये ऊँची पढ़ाई करने का। लड़कियों का कॉलेज कोई था नहीं सह शिक्षा कॉलेज में जाना ही पड़ता। पिता ने सुझाव दिया शहर जाकर

बुआ के पास रहकर गर्लस कॉलेज में पढ़े। पर माँ ने उसे अपने पास अपने संरक्षण में रखना अधिक उचित समझा। उसी कॉलेज में पढ़ता था 'नमन' जिसे वह पसन्द करने लगी थी। बारहवीं में प्रथम श्रेणी लाने में उसने कितनी सहायता की थी उसकी। 'नमन' का घर में नि:संकोच आना जाना था क्योंकि वह उसके पिता के मुंह बोले बड़े भाई का बेटा था। 'नमन' से कॉलेज में भी प्रतिदिन मुलाकात होती। वह था भी गोरा, लम्बा, आकर्षक और हँसमुख। मेरी उम्र की लड़की को खुश करने के तरीके उसे आते थे। कभी प्रंशसा करके, कभी चिढ़ाकर, कभी मनाकर तो कभी शरारती नज़रों से देख कर। कॉलेज में पढ़ाई के साथ-साथ उसके सम्पर्क में अधिक से अधिक आने का भी मौका मिला, घूमना और बातें करना कब घनिष्टता में बदल गया पता ही नहीं चला।

हम दोनों जल्दी कॉलेज पहुँचते कैंटिन में बैठते बातें करते फिर कक्षा में जाते, साथ-साथ घूमते। मैं घर आती पढ़ाई करती। उसी के ख्यालों में सो जाती और सबेरे उठकर फिर वही कॉलेज जाने का क्रम। माँ समझतीं, मैं अधिक पढ़ाई करने कॉलेज जल्दी जाती हूँ वे समझती थीं मैं अधिक ध्यान से पढ़ाई कर रही हूँ। पिता मेरे देर से घर आने पर नाराज़ होते। माँ कहती पढ़ाई में समय लगाती है कहीं बाहर घूमने तो नहीं जाती। हाँ इस विषय में मैं सतर्क थी। कॉलेज से बाहर घूमने का तो प्रश्न ही नहीं उठता था। मैं जानती थी घर के लोगों को ये कभी गवारा नहीं होगा। वे मेरा कॉलेज जाना भी बन्द करा सकते थे। बुआ के यहाँ भी भेज सकते थे। तब क्या होगा? पापा माँ से अक्सर ऐसी बातें करते भी थे। "मैं इसकी जल्दी शादी करके अपने उत्तरदायित्व से उबरना चाहता हूँ।" फिर भी किसी तरह समय निकलता रहा। हर रोज़

देर से आने पर एक दिन माँ ने भी कारण पूछा तो जाने कैसे पहली बार मुंह से झूठ निकल गया। मैंने कहा था "पुस्तकालय में पढ़ाई करती हूँ समय का ध्यान ही नहीं रहता।" माँ संतुष्ट हो गई थीं और मुझे परिस्थिति से निबटने का एक समाधान मिल गया था। झूठ बोल देना।

मैं और देर से घर आने लगी। घर आते ही पढ़ने बैठ जाती। इम्तहान पास आ रहे थे। पढ़ाई करनी थी। पास होना था। मैं रात देर तक पढ़ती। माँ मेरी हर सुविधा का ध्यान रखतीं। पर पापा माँ से नाराज़ रहते। उन्हें कुछ ना कुछ कहते रहते मेरे ही विषय को लेकर। मैं बहुत सतर्क थी। 'नमन' से मिलने के समय में भी कटौती ना करना और घर आकर अधिक से अधिक पढ़ाई करना। नियम से परीक्षा प्रारंभ हुई, समाप्त हुई। परिणाम आया। मैंने प्रथम स्थान पाया था पहली सेमेस्टर परीक्षा में।

कॉलेज में वार्षिकोत्सव की तैयारियाँ चल रही थीं हर ओर चहल पहल। माँ को मैंने बता दिया था फंक्शन की तैयारियों के विषय में कि कॉलेज में देर तक रुकना होगा मुझे। अच्छा बहाना मिल गया था 'नमन' के साथ अधिक समय बिताने का।

पहली बार माँ से देर से आने का बहाना बनाना कठिन लगा था पर अब रोज़ कोई ना कोई नया बहाना आसानी से दिमाग़ में आ जाता और माँ जो मुझे आगे पढ़ाना चाहती थीं मेरी हर बात का विश्वास कर लेतीं थीं। माँ की इस सरलता पर मेरा मन आत्मग्लानि से भर जाता। पर मैं ना इस विषय में सोचती ना अपने बारे में। ना माँ के बारे में। 'नमन' का भूत जो दिल और दिमाग़ पर सवार रहता।

अक्सर पापा माँ पर नाराज़ होते। "इतनी आज़ादी दे रही हो। अच्छी बात नहीं। पछताओगी एक दिन।" माँ कहतीं। "देर तक

लायब्रेरी में पढ़ती है घर आकर फिर पढ़ाई में जुट जाती है। देखते नहीं। कभी प्यार के दो शब्द तो बोलते नहीं। हर दम उसके पीछे पड़े रहते हो।" यह सब सुनकर मेरा मन बड़ा कचोटता मुझे। ये मैं क्या कर रही हूँ माँ जैसी सरला से छल। पर 'नमन' के साथ बातें करने की ललक का लोभ संवरण ना कर पाती और अगली बार कोई नया बहाना और माँ का मुझ पर विश्वास।

एक दिन कॉलेज के समारोह के दिनों में मुझे घर आने में कुछ अधिक ही देर हो गई। पापा गुस्से में आपे से बाहर- ना जाने क्या-क्या कहा होगा माँ को। माँ के लाख रोकने पर भी वह घर से निकले और मुझे ढूँढने आ पहुँचे कॉलेज में। समारोह की तैयारियाँ चल रही थीं कॉलेज परिसर में। कहीं सजावट, कहीं स्टेज बन रहा था, कहीं विद्यार्थी सांस्कृतिक कार्यक्रम की रिहर्सल में व्यस्त, कहीं किसी का अध्यापक के साथ किसी विषय को लेकर वार्तालाप। सभी से पापा ने मेरे विषय में पूछा। पर किसी को मेरा पता नहीं था क्योंकि मैं तो किसी भी कार्यक्रम में भाग ले ही नहीं रही थी। आखिर थककर पापा कैंटीन की ओर निकल आए। वहाँ मुझे देखा 'नमन' के साथ बैठे। जाने कैसे वहाँ अपने को नियंत्रण में रखा और मुझे लेकर घर आ गए। घर आकर, ओह! उन्हें ना जाने क्या हो गया था? उनका यह रूप मैंने कभी नहीं देखा था। वह मुझे निर्दयता से पीटे चले जा रहे थे। कभी हाथों से। या हाथ में जो कुछ भी आता। माँ मुझे बचा रही थीं। मैं हैरान थी। डरी हुई दुखी भी। मैं सोच रही थी मेरी गलती है उनके विश्वास को तोड़ना। मुझे सजा मिलनी चाहिये। पर कितनी? कितनी देर? और अचानक पापा ने मेरे सिर पर इतनी ज़ोर का थप्पड़ मारा कि मैं दरवाज़े और दीवार से टकराती हुई ज़मीन पर लुढ़क गई। माँ की आवाज़ मेरे कानों में आ रही थी।

"कुछ बताओगे भी कि क्या हुआ? या बस इसे जान से ही मार डालोगे?" उसके बाद मुझे कुछ पता नहीं? मैं बेहोश हो चुकी थी। कब होश आया। पता नहीं कितना समय बीता था? मैं कराह रही थी। सिर हाथ पैर में पट्टियाँ। पोर-पोर दुख रहा था। मैं कहाँ हूँ? अचानक पास के कमरे से आती रोने की आवाज़। हाँ माँ की ही थी। डॉक्टर की भी आवाज़। "सर से खून अधिक बह चुका है असर गहरा हो सकता है।" माँ की आवाज़। "कब होश आयेगा क्या होगा?"

मुझे धीरे धीरे सब याद आने लगा। याद आ गया और मैं सोचने लगी। मेरा कसूर था। किन्तु क्या इतना बड़ा, जितना मुझे दंड दिया गया? क्या मेरा अपराध उतना अमानवीय था जितना अमानवीय दंड मुझे दिया गया! नहीं-नहीं मेरे साथ अन्याय हुआ है। घोर अन्याय हुआ है और यह मुझे शारीरिक पीड़ा से भी अधिक असहनीय लग रहा था। मैं सबसे नाराज़ थी। माँ से कहीं अधिक पापा से। नहीं पापा- "मैं अब आपसे कभी नहीं बोलूँगी कभी भी नहीं।" ज्यों-ज्यों होश आता जा रहा था शारीरिक पीड़ा बढ़ती जा रही थी। ना सिर हिला पा रही थी। ना हाथ पैर। और ऐसी स्थिर सी स्थिति में मेरा निश्चय भी उसी तरह और पक्का और स्थिर होता जा रहा था। हाँ मैं नहीं बोलूँगी किसी से भी। किसी से भी नहीं।

तभी माँ कमरे में आई। मैंने जान बूझकर आँखें बन्द कर लीं। वह कह रही थी देखो अभी तक होश नहीं आया। जाने कितनी गहरी चोटें लगी हैं। तभी एक नर्स ने आकर एक इंजेक्शन लगाया धीरे-धीरे पीड़ा कम होने लगी। बेहोशी की, शायद नींद की सूई थी। मैंने मन ही मन, डॉ., नर्स और इस दर्द को कम करने वाली दवा को धन्यवाद दिया और सो गई।

आज नींद से जागने का समय नया था। दिन, तारीख, समय और स्थान का कुछ भी अनुमान नहीं था। बराबर के कमरे से कुछ हल्की आवाजें कानों में आतीं, लगता मुझे होश आ गया है। वर्ना लगता, मैं शून्य में हूँ। मैं शून्य हूँ या बेहोश ही हूँ। कभी-कभी माँ का धुंधला सा झुका चेहरा नज़र आता। क्या भाव होते थे उनके चेहरे पर साफ नज़र नहीं आते थे। ये क्या हो गया था मुझे? जब भी कुछ होश आता असहनीय शारीरिक पीड़ा। अपने प्रति हुए अन्याय की याद आती। मेरा मन क्षोभ और सभी के प्रति क्रोध से भरने लगता। मैंने यदि उन्हें पीड़ा पहुँचाई थी। तो वह भी मुझे मानसिक पीड़ा दे सकते थे। सबसे बड़ी मानसिक पीड़ा। मेरा कॉलेज जाना बन्द करके 'नमन' से मिलना बन्द कराके। उन्होंने इतना अमानवीय रास्ता क्यों अपनाया? यदि उन्हें अधिकार था मुझे प्रताड़ित करने का तो उनका कर्तव्य भी था मेरा विचार सुनने का। मुझे समझाते मुझे समझते। अपनी कहते मेरी भी सुनते। तो मैं मानती कि वे मेरे अपने हैं, हितैषी हैं। मेरे माता पिता हैं। परन्तु यह व्यवहार! इसने तो सारे रिश्ते ही समाप्त कर दिये जैसे ये लोग मुझे मेरे अपने तो लगते ही नहीं थे। गैर हो गए थे। ये लोग मुझे इस प्रकार अपाहिज सा बना सकते हैं। ये मेरे अपने तो हो ही नहीं सकते। मेरा मन जितना उद्वेलित होता था मस्तिष्क उतना ही मज़बूत होता जाता था कोई निश्चय लेने के लिये कि भविष्य में मुझे क्या करना है। पर, क्या मैं कर पाऊँगी, वह सब कुछ जो सोच रही हूँ। थक जाती समय पर दिया गया ड्रिप के द्वारा इंजेक्शन मुझे बेहोशी और नींद में सुलाने लगता। थोड़ी देर में फिर होश आता। फिर वही सोचने का क्रम। धीरे-धीरे मेरे होश में रहने का समय अधिक होने लगा था। माँ के पास होने का एहसास अधिक होने लगा था।

एक दिन लगा माँ पास बैठी रो रही थी। कुछ सुबकना कुछ बुदबुदाना। "हे भगवान यह क्या हो गया? ये ना कुछ बोलती है ना कुछ सुनती है। हाय! अब इस गूंगी-बहरी लड़की का क्या होगा? कैसे जीवन गुज़रेगा क्या होगा इसका भविष्य।" मैं सोचने लगी ये किसके बारे में बात कर रही हैं! मैं तो इनकी बातें साफ़ सुन सकती हूँ। हाँ नाराज़ हूँ। इसलिए बस बोल नहीं रही हूँ। हाँ कोई इरादा किया है मैंने इसलिए अपनी निगाह सपाट बना ली है मैंने। क्योंकि मैं किसी को भी देखना नहीं चाहती थी। किसी से मिलना नहीं चाहती थी। ना माँ से ना पापा से, पर इसका अर्थ यह तो नहीं कि मैं गूंगी-बहरी हूँ।

एक विचार आया। क्या मैं उससे भी नहीं मिलना चाहती। 'नमन' से भी नहीं? उसके ख्याल ने एक हरकत पैदा की मुझमें और पास में बैठी माँ उठ कर खड़ी हो गई थीं। मेरे चेहरे पर झुककर कुछ ढूंढने लगीं मेरी आँखों में। पर मेरी आँखें में कोई भाव नहीं था। शून्य में झाँकती आँखें देखकर वह घबरा जाती थीं और फिर सर थाम कर पास ही बैठ जातीं, सिसकती-सुबकती।

मुझे समझ आने लगा था। डॉक्टर मुझे घर भेजने को कह रहे थे। ख़तरा टल गया था, पर तबियत पूरी तरह सुधरने में समय लगेगा। घर पर ही देख भाल की जा सकती है। मुझे घर ले आया गया इंजेक्शन बन्द कर दिए गए। पर ड्रिप जारी थी। डॉक्टर का कहना था कि ये कुछ हल्का फुल्का खाने लगे तो ड्रिप बन्द की जाय। मैंने दूध, चाय, सूप आदि लेना शुरू किया और एक दिन ड्रिप निकाल दी गई। ओह! मेरी दोनों बाहें। मैं तो इन्हें हिलाना भी भूल गई थी। हाथ सीधे ही रह गए थे। कोहनी मोड़ना, कलाई हिलाना कुछ भी नहीं हो पा रहा था। अपने आपको बहुत ही असहाय अनुभव कर रही थी। ऐसी अवस्था

में मैं बस आँखें बन्द करके मस्तिष्क से काम लेना आरंभ कर देती जिससे उदासी ना आने पाए। बहुत कुछ सोचती थी। हाँ पापा से नाराज़ हूँ। अब उन्हें दिखा दूँगी कि मैं गलत नहीं थी, वह ही गलत थे। प्यार करना कोई गुनाह नहीं। यह एहसास कि आप किसी को सच्चे मन से प्यार करते हैं, आपको कितना शक्तिशाली बना देता है, वह तो बस वही समझ सकता है जो इस मानसिक स्थिति से कभी गुज़रा हो। पापा अपने संकुचित विचारों में जकड़े रहे। जब हम होश हवास में होकर प्यार करते हैं तो अपनी जिम्मेवारियों को भूल जाएँ, ऐसा तो कभी हो ही नहीं सकता। होता है इसके विपरीत ही कि जब हम अपना मन कहीं लगा बैठते हैं तो दुनियाँ की हज़ार आलोचनाओं से स्वयं को दूर रख कर अपने ध्येय पर अधिक बेहतर रूप से ध्यान केन्द्रित कर सकते हैं और करते हैं। मन में एक चाह होती है, भ्रमित दुनियाँ के विचारों को गलत साबित करने की। हाँ एक दिन अवश्य आयेगा जब पापा को अपनी भूल, भयंकर भूल का एहसास होगा। अरे वह कभी मुझसे बात तो करते। मुझसे बात करते कि मैं क्या सोचती हूँ? क्या चाहती हूँ? मेरे अंक देखकर भी क्या उन्होंने कभी नहीं सोचा कि मैं पढ़ाई के प्रति कितनी सतर्क और सावधान थी।

हाँ पढ़ाई। अब मेरी आगे की पढ़ाई का क्या होगा? बिना पढ़ाई के तो मैं जी ही नहीं पाऊँगी। जीना ही नहीं चाहूँगी। चाहे कुछ भी करना पड़े। कुछ भी सहना पड़े। कुछ भी छोड़ना पड़े। मन पक्का था इस विचार पर और मस्तिष्क ने सोचना प्रारंभ कर दिया। क्या-क्या करना होगा? कैसे करना होगा? और सबसे पहला काम किया; कैलेन्डर की ओर देखना। जो माँ ने उसी दिन टाँगा था। हाँ दो माह हो चुके थे। पर दिन और तिथि कैसे

पता की जाए। और तभी माँ आरती की थाली और प्रसाद लेकर आई। अरे हाँ मैं समझ गई हूँ यह प्रसाद माँ मंगलवार को ही देती हैं। पर किस माह का कौन सा मंगलवार? मेरा मन माँ से पूछने को उतावला होने लगा था किन्तु तभी मस्तिष्क ने काम किया। और कहा, "सब्र करो, धैर्य रखो।"

समय ने मुझे पहला सबक सिखाया 'धैर्य'। कभी उतावला होकर कोई काम नहीं करना। सब्र कर, सच सामने आ ही जायेगा। देर या सबेर और तभी माँ ने स्वयं इशारा करके बताया आज मार्च महीने का पहला मंगलवार है अर्थात् सात मार्च है। मुझे ध्यान आने लगा यह सब कुछ तो जनवरी में हुआ था। कॉलेज में फंक्शन तो जनवरी में था। तो क्या मैं दो माह से पलंग पर पड़ी थी। नहीं यह नहीं हो सकता। पर यही सच था। सोलह आने सच, सौ प्रतिशत सच, आश्चर्यजनक सच, अनोखा सच। सच तो सच होता है। हमें इसे ही स्वीकार करना होता है। मुझे भी करना होगा, करना है, करूँगी। उस घटना को जिसे दुर्घटना कहना अधिक उपयुक्त होगा, बीते पूरे दो माह हो गए थे। समय ने मुझे दूसरा सबक सिखाया कि जो सच इतना प्रत्यक्ष हो, बस निरा-नितांत सच हो, उसे ज्यों का त्यों मानकर स्वीकार कर लेना जीवन की सफलता का दूसरा महामंत्र है। मैंने इस सबक को भी याद कर लिया और याद रखने का पूरा पक्का प्रण भी कर लिया, मन ही मन।

अब मैं अपना काम स्वयं कर पा रही थी। कॉलेज में क्या हो रहा होगा? सोचते ही मैंने अपनी किताबों की आलमारी संभालनी प्रारंभ की। दूसरे सेमेस्टर की लगभग सभी पुस्तकें मेरे पास थीं। मैंने मन ही मन टाइम टेबिल बनाया और यदाकदा जो भी पुस्तकें थीं देखना प्रारंभ किया। माँ मेरी इस हरकत से कुछ प्रसन्न कुछ

आश्चर्यचकित थीं, भला मैं आगे कैसे पढ़ पाऊँगी मैं उनसे भी नहीं बोली थी सिर्फ यह जानना चाहती थी कि वह मुझसे किस सीमा तक निराश हो चुकी हैं।

मैं किसी के भी कुछ भी कहने पर कोई प्रतिक्रिया नहीं करती थी बस गुम होकर सुनती थी। सो माँ का यह सोचना कि मुझे सुनाई भी नहीं देता, गलत नहीं था। मैंने किसी को फोन तक नहीं किया था। बोलने का प्रश्न ही नहीं था। ध्यान और प्राणायाम मेरे मित्र बन गए थे, मुझे शारीरिक, मानसिक और आध्यात्मिक बल देने के लिए, जो कि ऐसी परिस्थिति में जीने का एक मात्र संबल था।

मैं पुरानी पत्रिकाओं को निकालकर देखती, दिलचस्प घटनाएँ और महत्वपूर्ण उदाहरण मनपसंद फोटो एकत्र करके एक एलबम बना ली। माँ मुझे देखती रहतीं और एक दिन मैंने देखा। मेरे पसन्द की नई पत्रिकाएँ टेबल पर रखी थीं।

एक दिन मैंने देखा मेरे कॉलेज की एक मित्र माँ के साथ कमरे में आई। मेरा कितना मन हुआ कि उससे कॉलेज की पढ़ाई की और ना जाने क्या-क्या बातें करूँ? किन्तु माँ ने उसे मेरे विषय में ना जाने क्या-क्या बताया था? वह सहमी सी मेरे पास आई। औपचारिकता की कोई बात भी नहीं की। कॉलेज में पढ़ाया गया कोर्स, उसके नोट्स, परीक्षा के लिए कुछ प्रश्न पत्र आदि उसने मुझे दिए। मुझे दिलासा दिया। "परीक्षा में एक माह बाकी है चिन्ता मत करो। तुम कर लोगी। मैं फिर आऊँगी।" माँ भी सन्तुष्ट थीं। मुझे बिना माँगे किताबें, नोट्स तथा अन्य आवश्यक सूचनाएँ मिल गई थीं।

जब बिना माँगे सब कुछ मिल रहा था। तो माँगने की भला क्या आवश्यकता थी? अब मैं अनुमान लगा पाई कि मौन में

कितनी शक्ति है। मौन की अपनी ही एक अलग भाषा होती है। माँ मेरी उस भाषा को, मौन की भाषा को पढ़ना जान गईं थीं। वे मेरे मौन को भी सुन पा रही थीं मैं इस मूक शक्ति की कायल हो गई थी। हाँ समय ने मुझे यह तीसरा सबक सिखाया- "मौन की शक्ति और उसका प्रभाव" यह मेरा नया सबक था जो मुझे याद रखना था और उसकी प्रतिदिन मैंने पढ़ाई की, परीक्षा दी। परिणाम की प्रतीक्षा मुझे नहीं थी। मुझे आगे क्या करना है? इसकी सोच में लगी रहती। अभी एक वर्ष और इसी तरह गुज़ारना होगा बी.ए. पूरा करने के लिए इस वर्ष पूरा समय था। पढ़ने का, गुनने का, सोचने का निश्चय लेने का और भविष्य की भूमिका तैयार करने का। मैंने कभी कभी पुस्तकालय जाकर पढ़ने का भी निश्चय लिया, माँ हरदम साथ रहतीं। लोगों से बात करने के लिए मुझे लाने, ले जाने के लिए। मेरे इस वर्ष का परिणाम ही मेरे उज्जवल भविष्य की नींव का पत्थर होगा। नियम से सोना, उठना, योगाभ्यास, प्राणायाम। स्वस्थ शरीर ही में तो स्वस्थ मस्तिष्क रह सकता है। मैं प्रत्येक कार्य में अपना पूरा मन और तन लगाने लगी। मैं सफलता प्राप्ति के लिए सौ फीसदी प्रयत्न करती और यह मेरा चौथा सबक था। समय का सिखाया हुआ ध्येय को पाने के लिए शत्ः प्रतिशत् सतत्-प्रयास।

माँ सन्तुष्ट थीं मेरे प्रयत्नों से वह थक कर भी नहीं थकती थीं, मेरा ध्यान रखने में। मैं मन ही मन माँ के धैर्य, लगन और परिस्थिति से समझौते की कला पर हैरान होती थी। मेरे लिए ये सभी सबक नए थे।

बी.ए. की परीक्षा समाप्त हुई। पर मेरी नहीं। मेरी मंजिल बड़ी दूर थी। ना जाने कितने मोड़ों से गुज़रना था। नए नए पाठ सीखने और याद करने थे।

एक दिन एहसास हुआ। माँ के साथ 'नमन' ने कमरे में प्रवेश किया। माँ ने बस इतना ही कहा- 'नमन' आया है तुमसे मिलने। वह बैठ गया। माँ भी बैठ गईं। माँ बोलती गई, पापा को अपने व्यवहार पर पछतावा है। तुम लोग मित्र थे। मित्र रह सकते हो यदि चाहो तो उन्हें कोई आपत्ति नहीं। माँ उठकर जाने लगीं थीं। मैंने उनका हाथ पकड़कर रोक लिया था। माँ ने फिर कहा था 'नमन' से कि देखो- लगभग इन दो वर्षों में मैं जानती हूँ कि यह ठीक से सुन नहीं पाती। बोलने का तो प्रश्न ही नहीं उठता। किन्तु फिर भी देखो। किस कुशलता से पढ़ाई कर रही है। परीक्षा दे रही है। अपने सारे कार्य स्वयं करके स्वयं को संभाले हुए है। यह आश्रित नहीं है किसी पर। मैं सोच रही थी माँ इसे यहाँ क्यों लाई हैं। क्यों कह रही हैं ये सब कुछ। 'नमन' सिर झुकाये सब कुछ सुनता रहा। मैंने अपना चेहरा शून्य और भावहीन बना कर देखा कि वह कुछ अचकचाहट अनुभव कर रहा था, कुछ देर बाद उसने कहा था कुछ हाथों के इशारे से किंतु वह तो बोलने में समर्थ था उसे हाथों के इशारे की क्या आवश्यकता थी। इसलिये उस नितांत संवेदनहीन व्यक्ति के विषय में कुछ भी सोचने को अब बचा ही क्या था? मैं मन ही मन अब तक के सीखे हुए सभी पाठों को दुहराती सहज बैठी रही थी।

यह सब कुछ सुन कर मुझे आघात लगेगा। माँ ने सोचा होगा शायद तभी तो वह मेरा हाथ थामे मेरे पास बैठी रहीं थीं। एक समय था जब मैं 'नमन' के ध्यान से पुलक उठती थी, एक समय था जब मैं अर्ध चेतनावस्था में भी उसके ध्यान से डर और सिहर उठी थी और एक समय आज भी था जब मैं सहज थी उसके आने पर भी उसके इतना कुछ कहने पर भी, फिर उसके चले जाने पर भी। मैं माँ के काँपते हाथ को थाम कर आश्वासन दे रही थी।

और समय का सिखाया हुआ यह मेरे लिए एक नया सबक था। "इंसान की परीक्षा आड़े समय और मुसीबत में ही होती है" हाँ यह मुहावरा बिल्कुल सच्चा था, खरा था। पर 'वह' उस परीक्षा में खरा नहीं उतरा था।

अब तो मेरा ध्येय समय के पढ़ाये पाठ पढ़ना, याद रखना और अपनी मंजिल तक पहुँचना था, मैं सब कुछ भूलकर अपनी पढ़ाई में व्यस्त हो गई थी। पर देख रही थी कि माँ को इस परिस्थिति से समझौता करना भारी पड़ रहा था। हर हाल में वह मेरी मूक भाषा समझ कर मेरी मदद करने और अपने कर्तव्य पूरे करने में लगी रहतीं। हाँ इस नए अनुभव से मेरे हौंसले बुलन्द हो गए थे। निराशाओं के बादल छँटने लगे थे। आशाओं की सुनहरी किरणें चमकने लगी थीं। इंसान की सही परख सही समय पर हो जाने से राह अधिक स्पष्ट दिखाई देने लगी थी।

माँ हैरान थीं कि मैंने प्रशासकीय सेवा की परीक्षा का इरादा कैसे कर लिया। वहाँ लिखित परीक्षा ही नहीं मौखिक साक्षात्कार भी होता है। पर इस विषय में, उन्होंने खुलकर कभी नहीं पूछा। शायद उन्हें ईश्वर पर और मेरे इरादों और मेहनत पर पूरा विश्वास था। फिर भी उनकी उलझन को कम करने के लिए मैंने उन्हें एक दिन कुछ पंक्तियाँ लिख कर दीं।

"मैं अनहोनियों में विश्वास करती हूँ वे होती हैं और मेरे लिए भी अवश्य होंगी।"

"I believe in Miracles. They do happen and they will happen for me too".

समय बीतता रहा। मेरी पढ़ाई चलती रही। मैं साथ-साथ साक्षात्कार परीक्षा की भी तैयारी करना चाहती थी। कैसे होता

है ये सब। माँ ने साक्षात्कार के कैसेट्स मँगवाये कैसे उठना बैठना और चलना। मैंने देखा ठीक से ड्रेस अप होने के लिए भी आपकी पोशाक, स्वस्थ और केश निखार तथा सबसे अधिक आत्म विश्वास। महत्वपूर्ण इस सब पर ध्यान देने के लिए अधिकाधिक समय योगाभ्यास और प्राणायाम में भी लगाना होता था। ज्यों-ज्यों अन्तर्मुखी होती गई विचार, उलझनें, शंकाएं व्यवस्थित होते गए और लक्ष्य समीप आता दृष्टिगोचर होने लगा। यह अन्तर्मुखी होना और साधना में लीन होना, मेरा नया सबक था जो समय ने मुझे सिखाया।

अब साक्षात्कार का दिन आ ही गया था। मन अस्थिर होता था किन्तु अभ्यास व साधना से सध जाता था। साक्षात्कार के बाद ट्रेनिंग के लिए मसूरी जाना था। अच्छा वातावरण, अच्छे सभी साथी। यहाँ आकर पता चला पुस्तकों से परे भी एक दुनियाँ है यहाँ मानव व्यवहार पर चर्चे होते थे। विशेषज्ञ आते थे, मानव संसाधन और मानव व्यवहार पर भाषण देते थे। प्रशासन सेवा में प्रशासन भी तो मानव समुदाय पर ही करना था। उनके मनोविज्ञान स्वभाव और व्यवहार का प्रारंभिक ज्ञान तो होना ही चाहिए। इसी दौरान मुझे पापा की याद आई।

वे भी तो इंसान हैं उनका व्यवहार भी परिस्थिति वश ही हुआ होगा। मैं मानती रही कि वे सौ फीसदी गलत थे पर अब समझ आने लगा था कि एक बार की हुई सौ फीसदी गलती भी क्षमा योग्य होती है। यदि वह मान लें, सुधार लें। हाँ यहाँ पापा सौ फीसदी सही थे। उन्होंने अपनी गलती, मान ली थी, स्वीकार की थी और सुधारने के दृष्टिकोण से ही परिस्थिति को संभालने के लिए ही मेरी पढ़ाई के साधन जुटाने में हर हाल में प्रयत्न किया था। उसी के परिणाम स्वरूप आज मैं अपनी मंजिल तक

पहुँच पाई थी। मेरा मन करने लगा अब पापा से मिलने के लिए। उनका दृष्टिकोण आज समझ आ रहा था और उनके व्यवहार को भूल जाने को मन कर रहा था। मैं व्याकुल थी घर जाकर उनसे मिलने को। उन्होंने जो भी व्यवहार किया अच्छा या बुरा, कुल मिलाकर मुझे यहाँ तक पहुँचाने में वास्तविक मदद उनकी और माँ की ही थी। मेरा मन उनके प्रति कृतज्ञता से भर गया था। मैं वापस जाना चाहती थी।

मैं ट्रेनिंग से वापस आ रही थी। मैं सोच रही थी कि लक्ष्य पाने के बाद मैं अपना दु:खद अतीत भूल जाऊँगी। सब भूल जाऊँगी जिन्होंने मेरे साथ अन्याय किया, विश्वासघात किया दंड दिया। मैं सबके सब गुनाह माफ कर दूँगी। बस याद रखूँगी तो माँ के अथक प्रयासों को उनकी पूजा को, जो उन्होंने मेरे लिए की थी।

पर समय ने ये अगला सबक भूलजाने तक, क्षमा करने का, जो मुझे सिखाया था, उसका समय निकल चुका था। मैं देर से घर पहुँची। माँ रो रही थीं। बेज़ार रो रही थीं "बेटी तुमने पापा को इतनी बड़ी सज़ा क्यूँ दी? माना उन्होंने तुम्हारे साथ किसी हद तक अन्याय किया था, किन्तु एक बार यदि तुम उन्हें बुला लेतीं! उनमें तुम्हारा सामना करने का साहस नहीं था वे अपने को तुम्हारे सम्मुख बहुत बड़ा गुनहगार मानते थे। प्रतिदिन भगवान की पूजा से पहले मुझसे पूछते थे। "बेटी ने मुझे याद किया क्या?" कितनी वेदना, कितनी विवशता निरीहता होती थी, उस दृष्टि में। इतने लम्बे समय में तुमने एक बार भी पापा को याद नहीं किया और तुम्हारे पापा हर घड़ी हर पल प्रतीक्षा करते रहे कि तुम उन्हें माफ़ कर दो।"

आखिरी क्षणों में उन्होंने कहा था- "मैंने अपराध ही इतना अमानुषिक किया था। उसकी साधारण सी गलती के लिए उसने मुझे यह दंड दिया। उचित ही किया। इतने वर्षों गूंगी-बहरी बनी रही। नाटक करती रही। आज मेरा प्रायश्चित पूरा हो गया है। आज ईश्वर ने मुझे माफ़ कर दिया है। आज वह समर्थ हो गई है। आश्रित नहीं है मैं तुम्हें उसके सहारे छोड़कर चैन से आँखें मूँद रहा हूँ।" आज मेरी अश्रु धाराओं का बाँध टूट कर बह रहा था। थामें नहीं थम रहा था।

समय का सिखाया प्रत्येक सबक मैंने सीखा। याद किया उसकी शक्ति देखी थी। मंज़िल तक पहुँचने की राह में कितनी ही बार मील के पत्थरों से भी मुलाकात हुई थी। जिनसे मैंने सीखा था कि कितना सफर तय हो गया है। कभी नहीं सोचा था कि कितना सफर बचा है।

आज सोच रही हूँ जितना भी सफर बचा है। जितना भी जीवन बचा है उसे जीना होगा इसी आत्मग्लानि के साथ कि मैंने देर कर दी अपना निर्णय लेने में। आत्मग्लानि से बचने का एक सहज सा सबक मैं समय पर नहीं सीख पाई। भूलने और माफ करने का। हाँ समय रहते समय पर जिस समय ने मुझे अनेको सबक सिखाये।

गिले शिकवों को दिल में पालना नहीं चाहिए। पलते नहीं रहने देना चाहिए। समय रहते माफी मांग लेना, समय रहते माफ कर देना जरूरी है। चूकना नहीं चाहिए। पता नहीं कब समय चुक जाए...!

■■■

छठी अंगुली

आज मैं तुम्हारी बेटी को अपने दत्तक पुत्र की वधू बनाकर ले आया हूँ। मेरे मन को शांति मिल रही है वर्षों के संतप्त मन पर जैसे धीमी-धीमी फुहार। एक अधूरा काम जो पूरा हुआ है। तुम्हारा अंश आज 'मेरे' पास है। अब वंश आगे बढ़ेगा। हाँ हाँ मैं उसका नाम वंश ही रखूँगा। तुम्हारी ज़िद, तुम्हारी बात तो पूरी करनी ही होगी मुझे। हर बार की तरह तुम जीतीं और मैं हारा। तुम कहा करती थीं यह छठी अंगुली बड़े भाग्यवान लोगों के हाथ में ही हुआ करती है। तुम इसे छूकर देखा करती थीं इसके साथ खेलती; मेरे लाख मना करने पर भी कहाँ मानती थीं तुम। अतीत की गहराइयाँ सिमटकर हृदय पटल पर उभरती चली आ रही हैं।

*****

तुम होस्टल में रहकर हाई-स्कूल की पढ़ाई कर रही थीं। समृद्ध परिवार की कन्या और विख्यात विद्यालय की छात्रा होने का सौभाग्य प्राप्त था तुम्हें। दसवीं क्लास की छात्रा को गणित पढ़ाने के लिए एक सुयोग्य अध्यापक की तलाश में थे तुम्हारे पिता। मैं, माता पिता दोनों को खोकर, अनाथालय में पला-बढ़ा, बी.एस.सी. का विद्यार्थी था, जीविकापार्जन के लिये पढ़ाई के साथ ट्यूशन करके किसी तरह गुज़ारा करता था। जाने क्यों तुम्हारे पिता ने मुझे ही चुना। मेरा काम था तुम्हें गणित में पास कराना। हाँ, तुम्हारे पिता का यही कहना था कि बाकी सब विषय तो तुम कर लोगी बस गणित ही कठिन है तुम्हारे लिए। मैं पढ़ाने आने लगा। तुम निश्चित समय पर पुस्तक, कॉपी, पैन

सहित तैयार बैठी मिलतीं। मैं समय का पाबन्द था। तुम्हारी यह नियमितता मुझे अच्छी लगी और मैं आश्वस्त हो गया कि जिसे समय का गणित आता हो वह गणित विषय क्योंकर ना सीख पायेगी!

तुम ध्यान से सुनतीं, समझतीं, याद करतीं, अभ्यास करतीं। मुझे तुम्हारा पढ़ाई के प्रति अधिक ध्यान अच्छा लगता। मैं सन्तुष्ट था तुम्हारे प्रयत्नों से, तुम्हारी सफलताओं से किन्तु एक बात थी जो तुम्हें बहुत पसंद थी और मुझे बिलकुल नहीं। वह थी तुम्हारा मेरी छठी अंगुली पर ध्यान देना। प्रारम्भ में जब भी मैं देखता कि तुम्हारा ध्यान अंगुली की ओर है मैं अपना हाथ छुपा लेता था। हाथ बाँया था, अक्सर मेरा काम चल जाता था सीधे हाथ से गणित के प्रश्न लिखने में। पर अचानक मैं देखता कि तुम एकाग्र नहीं हो और पाता कि अनजाने में मेरा बाँया हाथ फिर ऊपर टेबल पर आ गया है; और तुम्हारा ध्यान फिर चला गया है, मेरी छठी अंगुली पर। एक दिन मैंने निश्चय किया कि किसी भी तरह इस समस्या का समाधान ढूँढा जाए। अगले दिन मैं अपने बायें हाथ पर पट्टी बाँधकर आया। नियमित रूप से पढ़ाई आरम्भ की अधिक उत्साह और अधिक विश्वास के साथ समझा रहा था, क्योंकि मैंने सोचा था अब तुम्हारा ध्यान उधर नहीं जाएगा। तुम भी सब कुछ बहुत शांत होकर सुनती रहीं, समझती रहीं। एक बार भी इधर-उधर नहीं ताका। मैं खुश था मेरा उपाय सफल रहा। खुशी ने मेरे विश्वास को दुगुना कर दिया था। अधिकाधिक भरोसे के साथ बिना किसी विघ्न के मैंने कई अत्याधिक आवश्यक गणित की समस्याएं हल करके विस्तार पूर्वक समझायीं। तुम ध्यानपूर्वक शांत होकर सब समझती रहीं या समझने का नाटक करती रहीं; क्योंकि जब मैंने अभ्यास के लिए

प्रश्न पूछे तो मुझे एहसास हुआ कि तुम्हें मेरी आज की बताई बातों का अता पता ही नहीं। उस दिन की पढ़ाई के विषय में तुम बिलकुल कोरी थीं। अपने ही जगत में किसी अन्य समस्या का समाधान खोजने में संलग्न और तुम्हारे सामने मेरी समस्या का समाधान पाने का प्रयत्न धाराशायी हो गया था। मेरे प्रश्न पूछने पर तुम ऐसे हड़बड़ाई, जैसे किसी गहरी लम्बी नींद से जगी हो या किसी स्वप्न टूटने का सा भाव तुम्हारे चेहरे पर देखकर मैं चकित हो गया और अपने प्रश्न के औचित्य पर मुझे संदेह होने लगा कि ऐसा क्या पूछ डाला मैंने? मैं कितना नाराज़ हुआ था उस दिन। कितने ध्यान से मैंने पढ़ाया था। सब बेकार गया। कितने प्रश्न समझाये सब व्यर्थ और मैंने सोचा था तुम्हें पढ़ाना छोड़ दूँगा। मैं ऐसी छात्रा को नहीं पढ़ा सकता। अपनी साख का खयाल आया, मेरे पढ़ाए विद्यार्थी का परिणाम निराशाजनक लगा- मेरे छः माह का परिश्रम व्यर्थ हो गया। मैं भी तो अपनी पढ़ाई में से समय निकालकर पढ़ाने आता हूँ यह मेरी मज़बूरी है पर ऐसी भी नहीं कि अपनी कड़ी मेहनत को बहते दरिया के हवाले कर दूँ। मैं खड़ा हो गया चलने के लिये और तभी तुमने बिना कुछ कहे पीछे से, जल्दी से झपटकर मेरा बाँया हाथ पकड़ लिया था और तुम हड़बड़ाई सी मेरी पट्टी खोल रही थीं। वह जल्दी खुल भी गई और मैं आश्चर्यचकित हो तुम्हारे चेहरे पर बदलते भाव देखता रहा। तुम्हारे चेहरे से वह असमंजस और उदासीनता का भान गायब हो गया था और खुशी से दमक उठा था तुम्हारा चेहरा मेरी छठी अंगुली को यथा स्थान पाकर। तुम मेरा हाथ पकड़े हुए हो, इसका विचार आते ही तुम्हारा चेहरा लाल हो उठा। मुझे तुम्हारा यह रूप भा रहा था पर मैंने अपना हाथ खींच लिया था, सभ्यता के नाते, शिष्ट व्यवहार के नाते, फर्ज़ के नाते, कर्तव्य के

नाते, अपनी मजबूरी के नाते, अपनी परिस्थिति और अपने जीवन स्तर के नाते। हमेशा ही मैंने इन सब चीजों को अधिक महत्व दिया है जीवन में, अपने मन की तुलना में। मन की मानता तो हाथ खींच ही नहीं सकता था।

तुमने कुछ नहीं कहा कुछ भी तो नहीं। पर मैं जानता था कि तुम मेरी छठी अंगुली अपनी जगह देखकर बहुत खुश थीं और मैं भी तब अपनी नाराज़गी भूल गया था और बिना कुछ कहे वहाँ से चला आया था। मन हलका था। इतना हलकापन तो मैंने जीवन में कभी भी अनुभव नहीं किया था। आज मैं पहली बार जो कुछ भी जैसा भी जिन हालात में मैं था बहुत सन्तुष्ट था। अगले दिन मैं ठीक समय पर पढ़ाने के लिये पहुँच गया था तुम भी यथा समय वहाँ थी। पहले से अधिक सतर्क, सावधान हर बात ध्यान से सुनती उत्तर देती, प्रश्न भी पूछती। तुम्हारी प्रतिक्रिया साधारण सी थी ऐसा नहीं कह पाऊँगा। आज तुम पहले दिनों की अपेक्षा अधिक ध्यान से पढ़ रही थीं। मैं मगन था पढ़ाने में समय कब समाप्त हो गया पता ही ना चला। अचानक मेरी तन्द्रा टूटी। तुम बड़े ही भोलेपन से मेरी छठी अंगुली देख रही थीं, उसे छू रही थीं पर क्यूँ? तुम्हारा यूँ छूना और देखना बुरा नहीं लग रहा था। कल की नाराज़गी मैं भूल गया था मैं गुम सुम बैठा तुम्हारे चेहरे पर आते जाते भावों को देखता रहा। अचानक तुमने छूना बन्द कर दिया तो मैं अचकचा गया और अपने भावों को छुपाते हुए घड़ी देखने लगा और बिना कुछ कहे, बिना तुम्हारी ओर देखे वहाँ से चला आया।

समय गुजरता गया। मन लगाकर पढ़ाने और पढ़ने का सिलसिला चलता रहा। परीक्षा समाप्त हुई। तुम हॉस्टल से घर चली गई। मेरी परीक्षा में कुछ समय शेष था। दिन रात एक करके

मैं पढ़ाई में व्यस्त रहता। यह नहीं कहूँगा कि तुम्हारी याद नहीं आती थी, ना यह कह पाऊँगा कि तुम्हारी कितनी याद आती थी। जब भी मैं अपनी छठी अंगुली को देखता था तो तुम्हारा इसके साथ खेलना, छूना अवश्य याद आ जाता था। मैं अनुभव करता मैं निर्बाधगति से किसी जलधारा में बहता जा रहा हूँ और तब मैं अधिक लगन के साथ अपनी पढ़ाई में लग जाता। फिर मेरी परीक्षा समाप्त हो गई और तुम्हारी छुट्टियाँ। तुम फिर से हॉस्टल में आ गईं थीं और विद्यालय की प्रधानाचार्या तथा तुम्हारे पिता के आदेशानुसार मुझे फिर से तुम्हें पढ़ाना प्रारम्भ करना था।

मैं अनुभव कर रहा था कि तुम पहले से अधिक गंभीर और परिपक्व हो गई हो। तुम बहुत अधिक ध्यान और मेहनत से पढ़ाई करतीं। पिता की इच्छा के विरुद्ध तुमने विज्ञान विषय चुना। पिता चाहते थे बस बारहवीं कक्षा पास करके बी.ए. में पहुँच जाए परन्तु ना जाने क्यूँ तुम विज्ञान के साथ बारहवीं करना चाहती थी। शायद पिता को दिखाना चाहती थी कि तुम विज्ञान के साथ इन्टर कर सकती हो। गणित में अच्छे अंक ला सकती हो। मैं तुम्हारी लगन और परिश्रम से खुश था। गणित के साथ विज्ञान के अन्य विषयों में भी मैंने तुम्हारी सहायता प्रारंभ की और हमें साथ–साथ रहने का, समय बिताने का अधिक समय मिला। तुम पढ़ती भी थीं, मेरी छठी अंगुली को देखती भी थीं और जब भी मन करता उसे छूकर खेलती भी थीं। मुझे कुछ इंकार नहीं था तुम्हारे इस व्यवहार से यदि पढ़ाई अच्छी तरह करती हो तो!

मेरा परीक्षाफल आ गया विद्यालय में प्रथम स्थान प्राप्त किया था आगे एम.एस.सी. में प्रवेश भी सुविधाजनक था और वज़ीफा भी मिला।

वह मेरी इस उपलब्धि से प्रसन्न थी, ऐसा उसने थोड़े से संयत शब्दों में कहा। उसकी आँखों में कुछ प्रश्न थे कौतूहल था किंतु घबराहट अधिक थी ना उसने वे प्रश्न पूछे जिसका ना कोई उत्तर देने की बात हुई। मैंने उसे पढ़ाना जारी रखा अपनी पढ़ाई को अधिक समय देना था मैंने कॉलेज के पुस्तकालय में रात को समय देना प्रारम्भ किया। शाम को मैं यथा समय उसे पढ़ाने जाता रहा। वह अधिक शांत और संयत हो गई थी। दसवीं कक्षा वाली चंचलता कहीं तिरोहित सी हो रही थी। वर्ष बीता और उसकी परीक्षाएँ पूरी हुईं, अब उसे छुट्टियों में फिर घर जाना था। उसने स्वयं ही छुट्टियों के लिए कुछ पढ़ाई का काम मांगा मैंने उसे कुछ पुस्तकें लाकर दीं। समस्याओं के समाधान हेतु साथ ही भौतिकशास्त्र का भी कुछ काम। जाते समय वह फिर मेरे हाथ की अंगुली से खेलती रही, सोचती रही, कुछ निर्णय लेती सी भी प्रतीत हुई। कुछ कहना चाहती थी, कुछ भी ना कहती हुई। मैं समझ रहा था उसकी मनोदशा को किंतु मैंने तो जैसे शपथ ही ले रखी थी कि पढ़ाई के अतिरिक्त उससे कोई बात करूँगा ही नहीं। बहुत मन हुआ उससे उसके सवाल पूछूं पर मन को साधना ही तो मेरी साधना थी, तपस्या थी। अपनी मंजिल तक पहुँचने के लिए पढ़ाई के अतिरिक्त अन्य सब बातों से अनजान ही बना रहना होगा और मैं बना रहा अनजान। वह चली गई। मैंने महसूस किया कि अबकी बार वह मेरी अंगुली से अधिक देर तक खेली थी और इतना ही अधिक बार इस मेरी अंगुली ने मुझे उसका ध्यान दिलाया था। मैं ध्यान हटाता, अधिक पढ़ाई करता, समाप्त करने पर फिर अपनी अंगुली और उसका ध्यान आ जाता। अरे, यह मुझे क्या हो गया है? मैं स्वयं से ही प्रश्न करने लगता। मेरी परीक्षा समाप्त हुई और उसकी प्रतीक्षा प्रारम्भ।

उनकी छुट्टियाँ समाप्त हो गई और मेरी प्रतीक्षा। वह आ गई थी मैं अपना यह भाव कि मैं उसका इंतज़ार कर रहा था, उससे छुपाना चाहता था। चिंता हो रही थी कि छुपा पाऊँगा या नहीं। कैसी होगी वह क्या बात करेगी? मुझे क्या कहना है? सब कुछ मैं हॉस्टल की गैलरी में बैठा सोच रहा था। इंतज़ार का थोड़ा समय भी बहुत लम्बा लग रहा था कि अचानक मैंने देखा वह तो वहीं खड़ी थी दरवाज़े के पास; पर वह इतना बदली बदली सी क्यूँ लग रही थी! मैंने उसे आते ही देखा था परन्तु पहचाना क्यों नहीं? सीधा आया और बैठ गया। उसने वहीं खड़े खड़े अवश्य मुझे देखा होगा कि मैं कितनी बेसब्री से उसकी प्रतीक्षा कर रहा था। इन पाँच मिनटों में दस बार मैंने घड़ी देखी थी रूमाल जेब से निकाला चेहरा साफ किया। फिर जेब में रखा दो बार कुर्सी से उठा फिर बैठा तीसरी बार उठा और गैलरी में आने वाले दरवाजे की ओर आँखें उठाई; अरे यह तो वही लड़की खड़ी है जो पाँच मिनट पहले भी यहीं खड़ी थी जिसकी मुझे प्रतीक्षा थी मैं एक कदम आगे बढ़ गया उसकी ओर, हाँ यह वही है पर इतना अन्तर? क्या बदल गया है? जबकि यह वही है। हाँ उसका चेहरा एकदम बदला था उस पर था सुनहरा चमकते हुए फ्रेम का चश्मा और दूसरा परिवर्तन था उसके परिधान में कॉलेज की सीनियर छात्रा होने के नाते वह साड़ी में थी साड़ी और चश्में में वह ऐसी लगेगी। इस वेश में तो मैंने उसकी कभी कल्पना ही नहीं की थी। ध्यान नहीं किया था, याद नहीं किया था, मैं उससे क्या कहूँ कि कैसी लग रही हो? अच्छी लग रही हो ऐसा तो मैंने कभी किसी से कहा ही नहीं। मेरी झिझक देखकर वह स्वयं आगे बढ़ आई थी और पुस्तकें मेज़ पर रखकर बोली थी हाँ तो पढ़ाई शुरू की जाए।

आप पहले मेरा होमवर्क देखेंगे या पढ़ाएँगे और हम दोनों ही अपनी-अपनी कुर्सियों पर बैठ गए थे। उसने बेझिझक मेरा बाँया हाथ पकड़ कर मेरी छठी अंगुली से खेलना शुरू कर दिया।

मैं उलझनों के बवंडरों से निकलकर वास्तविकता की दुनिया में आ गया था। होमवर्क चैक करना प्रारम्भ कर दिया था। अरे, यह होम वर्क था कि अनन्त आकाश। एक के बाद दूसरी और दूसरी के बाद तीसरी भरी हुई नोट बुक्स। गणित की हल की हुई समस्याएँ और भौतिकी के पूरी बुक के बनाये हुए नोट्स। मैं होम वर्क चेककर रहा था और वह मेरी अंगुली से खेल रही थी दोनों ही व्यस्त थे दोनों ही आश्वस्त थे।

कई सप्ताह लगे थे मुझे उसका होम वर्क चेक करने में उसे करने में कितना समय लगा होगा? मेरी दी हुई पुस्तकों के अतिरिक्त भी उसने ना जाने कितनी पुस्तकें और जुटा लीं थीं। लगता था इन दो माह की छुट्टियों में उसने बारहवीं का पूरा कोर्स ही समाप्त कर डाला था। हाँ, इस दिन-रात की पढ़ाई का ही परिणाम था उसके चेहरे पर चढ़ा चश्मा।

चश्मा लगाकर और साड़ी पहनकर वह कैसी लगने लगी थी यह तो आज भी नहीं बता पाऊँगा पर हाँ आज वह दसवीं कक्षा की 15-16 वर्ष की अल्हड़ बालिका नहीं थी इतना स्पष्ट था।

पढ़ाई के समय के साथ उसका मेरी अंगुली से खलने का समय कुछ बढ़ गया था। अर्धवार्षिक परीक्षा के पश्चात् उसकी प्रधानाचार्या ने बुलाकर बताया कि वे उसकी पढ़ाई से अत्याधिक सन्तुष्ट थीं। उसने गणित में 100% अंक पाए और अन्य विषयों में भी विशेष योग्यता पाई थी पर उसने कहा इस सबकी अधिकारिणी वह नहीं वरन् मैं था। प्रिंसिपल ने मुझे बुलाकर बधाई दी भला इस सब की क्या आवश्यकता थी? मेरे संकुचित स्वभाव में ये सब कहीं भी

फिट नहीं बैठता था और यह सब तो उसके ही अथक परिश्रम का परिणाम था पर मैं खुश था बहुत खुश उसके परीक्षाफल से, प्रिंसिपल की बधाई से दोनों से ही।

उसके इम्तहान कैसे गुज़र गए समय का पता ही नहीं चला। बस पढ़ाई और पढ़ाई दोनों का एक ही ध्येय था सर्वश्रेष्ठ स्थान पाना। अब उसके घर लौटने का समय आ रहा था, मेरी परीक्षा निकट थी मैं अपने इम्तहान से अधिक उसके जाने की बात से घबराया हुआ था फिर कब आयेगी? आयेगी ना? मन को कैसे विश्वास दिलाऊँ? और एक दिन मैंने उससे उसके भविष्य की योजना के बारे में पूछ ही लिया। वह जैसे इसके लिए तैयार थी। दो टूक उत्तर था इंजीनियरिंग में प्रवेश मिला तो ठीक वर्ना बी.एस.सी.। पर बात यहीं समाप्त नहीं हुई उसने कहा अंतिम निश्चय मेरे एम.एस.सी. के परिणाम के पश्चात् ही किया जायेगा। यह रहस्यमयी सी बात मेरे समझ से परे रही और वह चली गई। मैं अपनी पढ़ाई में व्यस्त। अब मेरी बारी थी अच्छा रिजल्ट लाने की। नया जीवन प्रारम्भ करने के लिए नौकरी पाने की। मैं हर समय पढ़ता और बीच-बीच में छठी अंगुली उसकी याद दिलाने से नहीं चूकती।

परीक्षा समाप्त होने पर मैं खाली हो गया बिल्कुल खाली पर मन हल्का नहीं भारी रहता था। यदा कदा मैं अपनी अंगुली से स्वयं खेलता। मेरा मन उस तक पहुँच जाता हल्का हो जाता। मुझे आगे क्या करना है सोचता था पर जानता नहीं था। स्कूल अवकाश समाप्त हो गया पर वह नहीं आई, मैंने पता कर लिया था उसका रिजल्ट आया उसका विद्यालय में प्रथम स्थान था। क्या उसने इंजीनियरिंग में प्रवेश ले लिया? वह मुझे बिना सूचना दिये ऐसा कर लेगी, मन नहीं मानता था। उसी ने तो कहा था

अंतिम निश्चय मेरे रिजल्ट के बाद ही होगा और वह तो अभी आया नहीं। मेरा सारा ध्यान अब उसकी ओर ही रहता। वह कहाँ है, कैसी है, क्या कर रही है? अनेकों प्रश्न मन में घुमड़ते जिनका उत्तर उसके पास था। पर उसका पता मेरे पास नहीं था। हाँ, न मैंने कभी पूछा, ना उसने बताया। मुझे इसकी कभी आवश्यकता भी अनुभव नहीं हुई। सभी कुछ नियमित सा चल रहा था। पढ़ाई, परीक्षा, अवकाश। मेरे इम्तहान शुरू फिर उसकी छुट्टियाँ समाप्त और फिर पढ़ाई। पर अबकी बार सारा क्रम समाप्त हो गया था। मुझे अपने ऊपर आश्चर्य और क्रोध भी हो रहा था कि क्यूँ मैंने कभी उसका पता नहीं पूछा? क्या उसे स्वयं बताना नहीं चाहिए था? मेरा मन नहीं लग रहा था अपनी अंगुली से खेल कर भी। मुझे मेरे प्रश्नों का उत्तर चाहिये बस!

और अचानक मुझे एक आदेश मिला कि यथा समय मुझे हॉस्टेल की गैलरी में जाना है। मेरे वहाँ पहुँचने से पूर्व ही वह वहाँ बैठी थी। वह गंभीर थी बहुत ही गंभीर। मैंने अच्छे परीक्षाफल के लिए उसे बधाई दी वह तनिक भी प्रसन्न नहीं हुई। उसने बेझिझक मेरा बाँया हाथ अपने हाथ में लेकर मेरी छठी अंगुली के साथ खेलते हुए सीधा प्रश्न किया था, जिसके लिए मैं कतई तैयार नहीं था। मुझे अपने प्रश्नों के उत्तर चाहिये थे यह प्रश्न नहीं। अब प्रश्न उसने किया था, उत्तर मुझे देना था। उत्तर हाँ या ना में माँगा गया था।

मैंने बात को घुमा कर जवाब दिया था। अभी मेरा रिजल्ट नहीं आया है जीविकापार्जन का भी कोई साधन नहीं मेरा भविष्य नितांत अनिश्चित है, मैं क्या उत्तर दूँ? किन्तु समाधान उसके पास था रिजल्ट सुनिश्चित है, सर्विस भी अवश्य मिलेगी जीविकापार्जन के लिये पर्याप्त वेतन के साथ। उसे मेरा उत्तर चाहिए हाँ या ना में।

अब तक मैं परिस्थिति समझने लगा था और अपने रिजल्ट, नौकरी, उसकी भविष्य की योजना सभी कुछ बिसराकर वर्तमान में आ गया था। एक अनाथालय में पल कर बड़ा हुआ लड़का रिजल्ट आया नहीं, नौकरी पास नहीं इन सबको जोड़ कर लगा कि उत्तर आज के वर्तमान में 'ना' है। और भविष्य का लेखा-जोखा करने के बाद भी स्थिति 'ना' ही रहेगी। मुझे उसका भविष्य बिगाड़ने का कोई अधिकार नहीं। धन वैभव में पली उस लड़की के सपने मैं पूरे कर पाऊँगा क्या? ये सब स्वपनीली बातें हैं। यथार्थ नहीं। विचारों का तूफान मन मस्तिष्क को झकझोर रहा था और इसी भावावेश में मैंने सपाट सा एक शब्द में उत्तर दे दिया था 'ना'। ना कहकर मैं स्वयं चौंक गया था क्या प्रतिक्रिया होगी? पर वह ना ही चौंकी, ना ही उदास हुई। उसने केवल इतना ही कहा था अच्छा अभी समय है। चाहो तो और सोच लेना ऐसा कहकर वह उठकर चलने लगी। मेरा मन चीख-चीख कर कह रहा था उससे उसका पता पूछूँ। पर 'ना' कह कर शायद मैं अपने सारे अधिकार खो चुका था। वह चली गई और मैं वहाँ बैठा रह गया मस्तिष्क से खाली मन से भारी। भार संभाले नहीं संभल रहा था। उठने में भी असमर्थ। समय के साथ साथ भार बढ़ता जा रहा था पर उठना तो था ही वहाँ से। चला आया अपने कमरे में पड़ा रहा बस पड़ा रहा। ना कुछ सोचना ना याद करना, 'ना' कहकर याद करने का अधिकार भी खो चुका था शायद।

इस एक समय के टुकड़े ने मुझे कहाँ से कहाँ पहुँचा दिया। मैं क्या से क्या रह गया! वह बहुत संयम से स्थिति निर्वाह कर गई थी और मैं बिखर रहा था, स्वयं को संभाल नहीं पा रहा था, लुटा हआ महसूस कर रहा था। जीवन इतना निःसहाय, इतना बेमानी, निरर्थक कभी भी नहीं लगा था। यद्यपि जीवन में कुछ

भी नहीं था ना माता-पिता, ना धन-सम्पत्ति, ना नाम, ना शोहरत! फिर क्या था मेरा जो खो सकता था खो गया था शून्य हो गया था मन से, मस्तिष्क से। इस शून्यावस्था में कब नींद आ गई पता नहीं चला। अगले दिन काफी धूप चढ़े आँख खुली। मन की थकान में इतनी गहरी नींद आती है इससे पहले कभी आभास ही नहीं हुआ था। शून्यावस्था से धीरे धीरे जाग्रत अवस्था में आया तो बीते कल का सब कुछ याद आने लगा।

पहला प्रश्न मन में कौंधा उसने कहा था अभी समय था मेरे पास सोच लूँ। कितना समय है मेरे पास? मेरी 'ना' को 'हाँ' बन जाने की कोई संभावना?

मैं तैयार होकर बाहर निकला मैदान में चहल पहल थी कोई परीक्षा परिणाम उद्घोषित हुआ था शायद, मैं मैस में गया कुछ खाने। खाना समाप्त हो गया था, मैस खाली था। ओह! दोपहर का भोजन समाप्त, हाँ तीन बजे थे। यह वही समय था बीते हुए कल का जब मुझे उसका संदेश मिला था और मैं मिलने जाने की तैयारी कर रहा था। इन चौबीस घंटों में मेरे जीवन का जैसे सब कुछ छिन गया था। कितना बदल गया था सब कुछ फिर सोचने लगा क्या करूँ अब? ना कहीं जाना, ना कुछ सोचना, ना कुछ याद करना, ना किसी का इंतज़ार मेरी एक 'ना' ने कितने 'ना' लाकर खड़े कर दिए थे मेरे जीवन में।

बस सोचने के लिए एक ही बात मेरे पास थी कितना समय है मेरे पास? वह अब कब मिलेगी? क्या मेरी 'ना को हाँ' में बदलने की कोई गुंजाइश है! मेरी तकदीर में? वह क्यूँ मुझसे उम्मीद लगा बैठी। मैं अपनी साधना से स्वयं के साथ होने वाले अन्याय को सह जाऊँगा पर 'हाँ' कहकर उसके साथ नाइंसाफी नहीं कर पाऊँगा। वह बहुत कुछ अधिक की हकदार है मैं तो

उसे कुछ नहीं दे पाऊँगा। अधिकार उसे ही मिलते हैं, तभी मिलते हैं जब कर्त्तव्य निभाने की सामर्थ्य हो। मेरे पास वह सामर्थ कहाँ थी भला? मुझे दिया गया समय शनैः शनैः घट रहा था, मैंने सोचा एक बार 'ना' कहने पर मेरा ये हाल हो रहा है तो दोबारा 'ना' कहने पर क्या होगा?

फिर एक दिन मेरा रिजल्ट आ गया। विश्वविद्यालय में प्रथम आने के फलस्वरूप उसी कॉलेज में अध्यापकी मिलते भी देर ना लगी। दोनों बातें मैं उसे बताना चाहता था। पर कैसे बताऊँ? कहाँ बताऊँ मैं चाह कर भी उसका पता नहीं पूछ पाया था किन्तु उसका संदेश मुझे शीघ्र ही मिल गया, हॉस्टेल गैलरी में अमुक समय मिलने के लिए। उसने फिर मेरी छठी अंगुली से खेलते हुए मुझे मेरे अच्छे परीक्षाफल और नौकरी के लिए बधाई दी थी। पर परिस्थिति ये थी कि अबकी बार मैं इन सारी उपलब्धियों से तनिक भी भावावेशित नहीं था जैसे पहली बार वह नहीं थी। अपनी सफलता पर बधाई प्राप्त करके। ना जाने मुझे क्या सूझा कि बिलकुल अचानक, बिलकुल ही किसी पूर्व निश्चित धारणा के मैंने बेझिझक बड़े ही सीधे शब्दों में, सपाट स्वर में उसके कोई भी प्रश्न ना पूछने पर भी कह डाला था- "देखो हालात चाहे कुछ बदल भी गए हैं किन्तु मेरा उत्तर अभी भी 'ना' चाहते हुए भी 'ना' ही है।" उसने फिर भी मेरा हाथ थामा था। कुछ देर हम यों ही शांत बैठे रहे। शायद कहने को कुछ रह ही नहीं गया था, बस सोचने को ही रह गया था जीवन भर। चलते समय उसने कहा था कि मैं उसका पता उससे कभी ना पूछूँ और मेरे 'ना' उत्तर के बाद भी वह मुझसे एक बार और मिलना चाहेगी कब और कहाँ वह स्वयं ही बता देगी समय आने पर। वह चली गई थी मैं खड़ा रह गया था।

कक्षाएँ प्रारंभ हो गई थीं मैं मशीन की भांति अपने कार्य में व्यस्त रहता किन्तु मेरा मन उसी के संदेश की प्रतीक्षा में रहता हर पल। लगभग एक माह की प्रतीक्षा के पश्चात् खबर मिली और अबकी बार स्थान हॉस्टल गैलरी नहीं एक होटल था। मैं समय से कुछ पहले वहाँ पहुँच गया था किंतु वह मेरे पहुँचने से पूर्व ही वहाँ थी। उसकी वेशभूषा देखकर मैं विस्मित हो रहा था। बहुत सुन्दर गुलाबों से रंग चुराये हुए साड़ी, अति लुभावना श्रृंगार तथा परिधान से ही मेल खाते कीमती गहने; मैं देखता ही रह गया। वह मेरी दशा समझ गई थी सो स्वयं ही आगे बढ़कर उसने मेरा बाँया हाथ थाम लिया। मैं उसके साथ हो लिया। लम्बी गैलरी पार करके सीढ़ियों से हम ऊपर आए। फिर लम्बी गैलरी पार करके एक कमरे में चले गए। मैं मंत्र मुग्ध सा उसके साथ चला जा रहा था।

वहाँ चाय और कुछ खाने का सामान पहले से ही था। बहुत सहज थी वह। उसने मुझे बैठने को कहाँ मैं बैठ गया। उसने चाय बनाई दोनों के लिए और वह सहजता की मूर्ति बनी मेरे पास सोफे पर आकर बैठ गई। फिर वही मेरी अंगुली के साथ खेलना। मैं चुप था। वह भी कुछ नहीं बोल रही थी किन्तु उसका व्यवहार एवं हाव भाव बहुत कुछ कह रहे थे।

मेरी समझ में नहीं आ रहा था कि क्या बात करूँ, कहाँ से आरंभ करूँ, पर वह कुछ सोच नहीं रही थी बस कर रही थी। अपनी चाय पीते पीते उसने एक घूँट मेरे कप से पी और बोली अरे, यह तो बिलकुल ठंडी है। फिर उसने एक ही कप चाय और बनाई; अब दोनों ही उसे पी रहे थे। अब वह मेरे कंधे पर अपना सर टिका कर बैठी थी, और उसकी अंगुलियाँ मेरे बालों से खेल रही थीं। मैं गुम बैठा था कोई डर नहीं, कोई इच्छा नहीं,

कुछ और नहीं, पर वह मेरे इस गुम व्यवहार से बेखबर कभी मेरी ओर झुककर मेरी आँखों में झाँक लेती और कभी झटककर अपनी आँखों पर अपनी कजरारी केश राशि बिखर जाने देती।

मैं गुम था, परिस्थिति समझ रहा था, स्वयं को मना रहा था, परिस्थिति से समझौता करने के लिए लेकिन, यह 'लेकिन' बीच में दीवार बन कर खड़ा हो जाता था। मैंने सोचना प्रारंभ किया सकारात्मक और सृजनात्मक तरीके से; क्या हुआ यदि मैं अनाथ हूँ, मैं एक अच्छा इन्सान हूँ; पढ़ा लिखा हूँ जीविकापार्जन में समर्थ हूँ, आज नहीं तो कल तो आज से अच्छा ही होगा। आगे जब भी अपनी जीवन गाड़ी चलाने की योजना बनाऊँगा तो दूसरा पहिया तो चाहियेगा ही, यदि वह आने वाला कल आज बनकर सामने खड़ा है तो मैं गुम सुम क्यों हूँ, क्यों रहूँ? बाहें फैला कर उसका स्वागत क्यों ना करूँ? इन्हीं विचारों के भावावेश में मैंने दोनों बाहें फैला दी थीं। वह जैसे प्रतीक्षा में थी उनमें समा गई थी।

अब मैं नहीं रह गया था, वह नहीं रह गई थी 'हम' बन गये थे। वह कभी हँसती, और कभी आँखों की गहराईयों से नमी छलक जाती जो उसे और सुन्दर बना जाती। दोनों ही चीजें मुझे और अधिक पिघला रही थीं उसकी आँखों की नमी उसके होठों की मुस्कुराहट अब मैं स्वयं को थामने का प्रयत्न भी नहीं कर रहा था क्योंकि हाथ फैलाने से पहले मैंने मन में वे सात वचन दुहरा लिए थे जो उसके दिए इस बीच के समय में मैंने सीखे थे; पढ़े थे, समझे थे और अब मेरी वह 'ना' 'हाँ' में बदल चुकी थी।

वह बहुत खुश लग रही थी पर साथ में बहुत संयत भी ना जाने वह इन दोनों मनोभावों में इतना सुन्दर सामंजस्य कैसे बना लेती थी?

मैं अब स्वप्न देखने लगा था आने वाले समय के जब हम साथ साथ होंगे और आने वाले हर तूफान को झेल जायेंगे। वह मेरी सामर्थ्य होगी और मैं उसका संबल। जीवन के उन मधुर क्षणों ने मेरे जीवन को एक नया जीवन, नया आयाम, दिया था, नई राह दिखाई थी जो एक नई मंज़िल की ओर जाती थी। मैं हर क्षण तुम्हें देख रहा था। तुम्हारे चेहरे पर आने जाने वाला प्रत्येक भाव मेरे मन में अधिकाधिक गहरा उतर जाता था। तुम्हारा वह झुका चेहरा, तुम्हारा वह उठा हुआ चेहरा, तुम्हारा वह सन्तुष्ट चेहरा और उस महान तूफान के गुजर जाने के बाद तुम्हारा वह धुला, उजला प्यारा चेहरा-आज तक मेरे मन की गहराइयों ने उन सब भावों के एहसास को संजो कर रखा है।

अचानक तुम जैसे चौंक उठी और फिर पहले जैसी सहज हो गई थीं। मैं हैरान हो रहा था कि किस तरह तुम इतनी जल्दी अपना व्यवहार बदल लेती हो। क्या हो तुम। कैसी हो तुम। मैं अभी सोच ही रहा था कि बात करूँगा अपने 'हाँ' का फैसला सुनाऊँगा तो तुम किस प्रकार खुशी से नाच उठोगी और तुम्हारा वह रंग और रूप भी मेरी आँखों में बस जायेगा। मेरे कुछ कहने से पूर्व ही तुमने बोलना प्रारंभ कर दिया था कि तुम्हें कहीं जाना था, तुम्हारे पास समय नहीं था। अपना रूमाल, पर्स मेकअप का सामान भी संभालती रही; साथ साथ-फ्रिज में से दो कोल्डड्रिंक निकाले थे एक अपने हाथ में थामे रहीं और दूसरा मेरे सामने रख दिया था।

तुम कह रही थीं कि तुमने मुझे दो अवसर दिए थे निर्णय लेने के लिये अब उसने एक निर्णय इकतरफ़ा ही ले लिया था। वह आई थी अपने निश्चय के अनुसार और जा भी रही थी अपनी ही पूर्व योजना के अनुसार। उसने आगे दो बातें और कहीं थीं, "तुमने

मुझसे आज तक मेरा पता या फोन नं. नहीं माँगा। आगे भी कभी आवश्यकता नहीं पड़ेगी, प्रयत्न भी मत करना, और दूसरी बात कि यह छठी अंगुली उसकी अमानत रहेगी मेरे पास ध्यान से रखना आशा तो नहीं पर यदि भाग्य में हुआ... वो कहते हैं भाग्य बिछुड़ों को मिला देती है। यदि भाग्य में हुआ तो..." और वह वाक्य अधूरा छोड़कर चली गई थी कमरे से बाहर मुझे कुछ कहने का मौका ही नहीं मिला और उसके इस निश्चय के पश्चात् क्या गुंजाइश रह गई थी, मेरे मुंह खोलने की, कुछ बोलने की। मैं ठगा सा बैठा रह गया होश में था बिलकुल होश में। वैसे भी अब सोचने को रह ही क्या गया था और यदि कुछ बचा है, भाग्य के हिसाब से तो विधाता समय भी देगा, बस अभी नहीं कुछ भी नहीं। मैंने उठ कर मुंह पर हाथ फेरा कमरे में निगाह घुमाई कुछ देर पहले घटा, सच, सपना सा लगा और उस सपने को आँखों में, मन में, मस्तिष्क में संजोए मैं बाहर आ गया। काउन्टर पर गया। भुगतान किया जा चुका था। रजिस्टर में नाम उसका नहीं लिखा था पता नहीं क्या लिखा था मुझे जानकर करना भी क्या था भला।

मैं अपने डेरे पर वापस आ गया और जीने की कोशिश करने लगा। मुझे जीना है ऐसा नहीं कि जीना पड़ रहा था, ऐसा नहीं कि मैं निराश था, जीना नहीं चाहता था, पर ऐसा भी कुछ नहीं था जो मुझे भाए। बस समय गुज़र रहा था। मैं लेक्चरार से प्रोफेसर हुआ, फिर प्रिंसीपल और फिर डीन। कितना समय बीता, मैं वर्षों में नहीं नापता था। क्या ऐसे जीवन को किसी भी पैमाने से मापा जा सकता है? मन का ये भार क्या तोला जा सकता है? दर्द की गहराई नापने का कोई यंत्र ईज़ाद हुआ है आज तक? इस पीड़ा की ताप देखने का कोई मीटर बना है क्या आज तक?

क्या इकाई है इन सबके लिए? कोई भी तो नहीं; इसलिये जीवन चलता रहा, बिना किसी माप-तोल के, बिना उसके किसी संदेश के। कभी-कभी इस छठी अंगुली पर बहुत क्रोध आता था। क्यों आई यह मेरे हाथ में, क्या महत्व और अर्थ है इसका। मेरे जीवन में किस भविष्य का संकेत है? क्या है ये? क्यों है ये? इन्हीं भावनाओं के वशीभूत मैं एक दिन डॉक्टर के पास पहुँच गया, प्रार्थना की इसे काट कर अलग कर दें। इसके साथ रह लिया, अब इसके बिना रहना चाहता हूँ। उन्होंने अंगुली को सुन्न करने के बाद काटने के लिये कैंची उठाई। था ही क्या वहाँ बस धागे सी माँस की पतली रस्सी और उससे जुड़ी अंगुली की एक पोर, एक छोटी सी अंगुली। डॉक्टर ने उस अंगुली को पकड़ रखा था। मेरी प्रार्थना पर डॉक्टर ने सब कुछ देखने की अनुमति मुझे दे दी थी।

मैं देख रहा था वह छठी अंगुली जिससे वह खेलती थी, जिसे वह छेड़ती थी। जो उसकी अमानत थी जो भविष्य में बिछुड़ो को मिलाने में सहायक हो सकती थी। मुझे क्या अधिकार है उसकी अमानत में खयानत करने का मुझे क्या अधिकार है, विधि के इस संकेत को समाप्त करने का। मेरा स्वप्न टूटा मैंने हाथ झटक दिया था किंतु डॉक्टर की कैंची चल चुकी थी। अंगुली अब डॉक्टर के हाथ में थी और माँस की पतली डोर अभी भी मेरे हाथ की अुंगली में जुड़ी रह गई थी।

मैं घबरा गया, पसीने-पसीने हो गया। मेरी हालत देखकर डॉक्टर भी घबरा गया उसने मुझे तसल्ली दी और हाथ पर पट्टी बाँध दी। मैं अपना सर पकड़े काफी देर तक वहीं बैठा रहा, ये मैंने क्या कर दिया? क्या ऐसा करना किसी समस्या का समाधान हो सकता है? नहीं नहीं कभी नहीं। वह मेरे दिल में

रहती है, दिमाग में रहती है मेरे साथ रहती है, हर समय वह केवल इस हाथ में तो नहीं रहती थी?

मैं घर आ गया हूँ हाँ मेरा घर है, मानव ही नहीं प्राणी मात्र अपनी मूलभूत जरूरतों को पूरा करने का सपना जुटाता है मैंने भी इस कर्त्तव्य को पूरा करने का पूरा प्रयत्न किया है। मैंने लगभग दस वर्ष पूर्व लगभग दस वर्ष के एक अनाथ परंतु होनहार बच्चे को अपना दत्तक पुत्र बना लिया था। जीने का कोई ध्येय कोई सकारात्मक और सृजनात्मक ध्येय तो होना ही चाहिये। केवल प्रतीक्षा और आशा जीवन के ध्येय काफी नहीं लगे। मेरा बेटा होनहार है, प्यारा है, सुशील है, दसवीं कक्षा में विद्यालय में प्रथम स्थान पाया है। मैं इसे भी उसी तरह मेहनत से पढ़ा रहा हूँ जैसे 'उसे' पढ़ाया था। मैं इसकी प्रशंसा किए नहीं थकता। मैंने 'उसकी' प्रशंसा में जो कंजूसी की थी वही कसर पूरी कर रहा हूँ। उसे बहुत-बहुत चाहता हूँ वह भी बहुत चाहता है, मेरा ख्याल रखता है, वह बहुत संवेदनशील भी है मेरे प्रति तभी तो घर में पैर रखते ही उसने मेरे हाथ पर बंधी पट्टी देख ली थी। मेरे हाथ को अपने हाथ में लेकर कुर्सी के बराबर आ बैठा। क्यूँ किया पापा आपने यह, क्यूँ किया? उसका पापा पुकारना मेरे जीवन का केन्द्र बिन्दु बनता जा रहा है।

विधि का विधान कि एक दिन मुझे 'उसका' मैसेज मिला कि उसकी बेटी का प्रथम सोलो संगीत कार्यक्रम टी.वी. पर होने जा रहा है तिथि व समय लिखा था और देखने का आग्रह भी।

मेरे शरीर के रोम-रोम, हाथ-पैर बन गए थे। कितनी तत्परता से मैंने घर में इन्वर्टर का प्रबन्ध किया; जो काम कब से टला पड़ा था। उसकी बेटी के संगीत कार्यक्रम को देखने के अवसर पर बिजली तो होनी ही चाहिये हर हाल में, इतनी बिना नापी

तोली समयावधि के पश्चात मैं भला ये मौका चूकने का खतरा कैसे ले सकता था? बेटा मेरे उतावलेपन को ध्यान से महसूस कर रहा था।

यथा समय मैं टी.वी. के सामने सोफे पर बैठ गया। संगीत कार्यक्रम प्रारंम्भ हुआ। बड़े-बड़े संगीतज्ञ आने भी लगे, जाने भी, पर उसका प्रोग्राम क्यों नहीं आ रहा? ऐसा क्यों हो रहा है! लम्बी प्रतीक्षा के बाद अचानक उद्घोषणा प्रारंभ हुई। परिचय दिया जा रहा था। उसका नाम था 'सरगम'। इतनी छोटी उम्र में संगीतज्ञ की उपाधि से विभूषित किया जा रहा था, किंतु कब तक उद्घोषणाएँ चलेंगी? संगीतकार को तो दिखाओ और तभी दिखाई पड़ी एक दुबली पतली लड़की स्टेज पर बैठी हुई। दोनों ओर दो लड़कियाँ तानपुरा साधे संगत के लिये और एक ओर तबला वादक बैठे हुए। स्टेज को दिखाया जा रहा था। उसका चेहरा साफ नहीं दिख पा रहा था। मेरे सब्र का बाँध टूट रहा था। सोफे पर इधर से उधर बेचैन। तभी गायिका को पूरा फोकस किया गया पूरे परदे पर और मैं संभलते संभलते भी गिरने ही लगा। अरे यह तो वही थी, बेटी कहाँ! पर यह कैसे हो सकता है? ओह! 'वह' तो अब मेरी ही हम उम्र होगी। अब ध्यान आया कितने वर्ष बीते, कितने माह, कितने दिन और कितनी घड़ियाँ। पर यह समय बेटी को देखने का था, उसे सुनने का था। वह गाती रही। मैं मंत्र मुग्ध सा सुनता रहा उसे देखता रहा, सोचने लगा, क्या 'वह' भी गाती थी? मुझे तो पता ही नहीं था। अगर गाती तो ऐसी ही दिखती। वही आँखें वही चेहरा वही काया। संगीत चलता रहा, चलता रहा बीच बीच में करतल ध्वनि और एक के पश्चात् एक आइटम कभी भजन, कभी गीत और फिर कार्यक्रम समाप्त हो गया। मैं टी.वी. पर नज़र एकटक टिकाये

बैठा रह गया। मधुर संगीत से आकर्षित होकर मेरा बेटा भी पढ़ाई छोड़कर कब मेरे पास आ बैठा था मुझे आभास ही नहीं हुआ। वह मेरा टी.वी. को घूरना देखकर विस्मित सा बैठा था। उसकी आँखें भी फैली थीं मुंह खुला, पर कोई बोला नहीं। हम दोनों ही उस जादुई आवाज़ के प्रभाव से बाहर नहीं आना चाहते थे।

अभी तक मैं समय की सुनता रहा था। आज अपने मन की सुनने का मन हुआ। एक बार पहले भी मैं उसकी बात को टाल चुका था अपनी छठी अंगुली को अपने से अलग करवा कर। आज दूसरी बात भी ना मानने का इरादा बना लिया था और टी.वी. कार्यक्रम प्रबन्धकों से सरगम का पता और दूरभाष जानने की भरपूर कोशिश के बाद पता लगा कर मैंने वहाँ संपर्क भी कर लिया था। संगीत से अत्यन्त प्रभावित हुआ हूँ मिलना चाहता हूँ। भेंट का समय लेकर मैं वहाँ पहुँच गया। मन में विश्वास था वहाँ 'वह' मिलेगी ओह! 'वह' मिलेगी।

एक बड़े से कमरे में बड़ी-बड़ी शीशे वाली अलमारियों में बहुत से मान पत्र, स्मृति चिन्ह, पुरस्कार तथा शील्ड आदि सजे थे। एक ओर अनेक वाद्य यंत्र बड़े तरीके से रखे थे। सरगम एक सोफे पर बैठी थी। मैं उसके सामने वाले सोफे पर बैठ गया। बातें करने लगा उसके संगीत को सराहा। संगीत शिक्षा अध्ययन आदि की बातें वह संक्षेप में ही उत्तर देती मेरे कौतूहल और अधीरता से बेखबर। वह बीच-बीच में और अधिक चुप और गंभीर हो जाती थी।

अचानक उसने पूछा मैं कौन हूँ? इस प्रश्न से मैं चौंका क्योंकि मेरे आने से पूर्व ही मेरा परिचय उसे मिल चुका था। फिर भी मैंने संक्षेप में परिचय दिया और पूछा कि एक बात मैं जानना चाहता हूँ इतने भव्य और प्रोग्राम सफलता के बाद भी वह खुश

क्यों नहीं दिख रही है? घर में और कौन-कौन हैं, कहाँ हैं? मैं अपने को संयत करने का पूरा प्रयत्न कर रहा था पर मेरी निगाहें 'उसे' ढूँढ रही थीं जो यहाँ-वहाँ, कहीं भी नज़र नहीं आ रही थीं। बेटी से कोई अजनबी मिलने आया है पास में ना माता हैं ना पिता। हाँ, पिता के बारे में सोचने लगा कौन होगा? कैसा होगा? तभी प्रतिभाशाली व्यक्तित्व वाला एक व्यक्ति अन्दर आया। स्वयं को परिचित कराते हुए उन्होंने बस इतना ही कहा कि वह सरगम के पिता हैं। पर माँ कहाँ है? मेरा मन-तन आँखें, मेरा रोम-रोम उसी को तलाश रहा था। पिता ने मुझे बैठने को कहा, मैं सरगम से बातें कर सकता था और तभी एक श्वेत वर्दी धारी बैरा सा प्रतीत होने वाला व्यक्ति बड़े सलीके से टेबल पर चाय तथा अन्य वस्तुएँ रख गया। पिता ने स्वयं पास बैठकर चाय के लिए आग्रह किया। मैं ना नहीं कर सका। सरगम भी साथ थी। चाय की औपचारिकता निभाई गई। सरगम ने कहा- "वह चाय नहीं लेती।" और वह दूर ही बैठी रही। पिता व्यस्त लगते थे। जाते समय उन्होंने समयाभाव के लिए क्षमा प्रार्थना की।

सरगम और मैं फिर से सोफे पर आकर बैठ गए। बातों का सिलसिला वहीं से शुरू किया मैंने, घर में और कौन-कौन हैं? कहाँ हैं? तब पता चला कि पिछले माह कुछ ही दिन पूर्व एक दुर्घटना में सरगम की माता का देहान्त हो गया था। मैं इस परिस्थिति के लिए तैयार नहीं था। पर समय के बीते हुए अन्तराल ने हर दर्द को झेल जाने की क्षमता दे दी थी, सो झेल गया बर्दाश्त कर गया ये दर्द भी। अब पूछने को बहुत कुछ होते हुए भी समझ नहीं पा रहा था कहाँ से आरम्भ करूँ। मैं सहानुभूति दिखाते हुए सरगम के पास ही सोफे पर बैठ गया उसकी पीठ पर हाथ रख सांत्वना देने का प्रयत्न करने लगा, पर लगा कि

उसका स्पर्श मुझे स्वयं को ही अधिक सांत्वना दे गया था। उसे भी शायद कुछ ऐसा ही अनुभव हुआ होगा तभी तो उसने स्वयं ही मेरा हाथ अपने हाथ में लेकर वही स्थान टटोलना प्रारंभ कर दिया, हाँ वही स्थान जहाँ कभी छठी अंगुली और आज उसका अवशेष मात्र माँस का एक पतला धागा सा लटका हुआ था जो साधारण तौर से नजर नहीं आता था, पर छूने से एहसास अवश्य हो जाता था।

किंतु इसी क्रिया कलाप में उसके हाथ में जो एक गोल सिक्का था जिससे वह हर समय खेलती रहती थी, मुझसे बातें करने के दौरान छूटकर लुढ़क गया। वह उसे उठाने के लिये उठी सिक्का जब तक लुढ़कता रहा वह उसका पीछा करती रही और जैसे ही वह रुक गया सरगम भी रुक गई। किधर जाए! और तब मुझ पर एक और वज्राघात हुआ ईश्वर ने उसे स्वर की रानी बनाकर भेजा था इस संसार के गहन अंधकार में। यह क्या? सरगम उसी धागे से खेलने लगी थी, ठीक उसी की तरह हाँ ठीक उसी की तरह और मैं छलांग लगाकर भावनाओं के उस पार सोलह वर्ष पीछे जा पहुँचा था।

मैं अब इस घर में अजनबी होते हुए भी वैसा नहीं महसूस कर रहा था। मैं उसके विषय में बहुत कुछ जानना चाहता था, किन्तु इतने कम समय में क्या कुछ जान पाऊँगा? वह अभी बहुत उदास है। एक अजनबी से शायद अधिक बात ना कर पाए। अतः विषय बदल कर बात करनी प्रारंभ की। संगीत के अतिरिक्त क्या पढ़ाई कर रही हैं, परीक्षा कब है, आदि। अब वह खुल कर बात करने लगी थी। हाँ, वह दसवीं की छात्रा थी। गणित उसे बिलकुल नहीं भाता था बाकी सभी विषय पसंद थे विशेष तौर पर कॉमर्स। वह वही विषय पढ़ना चाहती है पर उसके लिए भी

गणित जरूरी है, कर पायेगी या नहीं! तभी फोन की घंटी बजी। उसके पिता का फोन था, कार्य व्यस्तता के कारण अधिक समय नहीं दे पाए क्षमा प्रार्थना और फिर से आने का आग्रह। बस इतना काफी था मेरे लिये। मैं चलने को उठा सरगम ने मुझसे आश्वासन ले लिया था कि मैं फिर आऊँगा।

मेरा मस्तिष्क बहुत तेज़ दौड़ रहा था। पता किया ब्रेल लिपि की पुस्तकें कहाँ मिलेंगी ढेरों खरीदीं। ब्रेल में नम्बर, गिनती तथा अक्षर सभी सीखे। बेटे को फोन करके बताया मुझे वापस लौटने में समय लगेगा। बेटे ने फोन पर अपना एक जरूरी कार्य मुझे करने को कहा वह सरगम के संगीत से बहुत अधिक प्रभावित हुआ है सरगम के विषय में अधिक से अधिक जानकारी एकत्र कर लूँ। सरगम के पिता से मेरा अच्छा परिचय हो गया था। उन्होंने इच्छा प्रगट की कि मैं यदि सरगम की गणित में कुछ सहायता कर सकूँ। मैं राज़ी हो गया। सरगम से ब्रेल सीखता और मैं उसे गणित सिखाता। वह खुश थी। उसके पेपर्स अच्छे हुए थे। अब मैं घर वापस आना चाहता था। बहुत सी बातें थीं जो स्वयं से एकांत में करनी थीं।

मैं वापस आ गया सरगम से वादा करके कि उसकी भविष्य की पढ़ाई में अपना योगदान देने मैं फिर से आऊँगा। यहाँ बेटा अपनी पढ़ाई सुचारू रूप से कर रहा था। मैं लौट कर बस सरगम के बारे मैं योजना बनाता रहा। उसके बारे में की गई बातें और बताई गई बातों का हिसाब करता रहा।

मैं अब आसानी से समझ रहा था कि उसने मुझे दो मौके देने और मेरी 'ना' सुनने के पश्चात् जो कदम उठाये थे, वे असाधारण थे। उसने किसी उद्योगपति से जो चार वर्ष के पुत्र का पिता था, विवाह का प्रस्ताव स्वीकार कर लिया था। मेरी 'ना'

सुनने के बाद वह कभी भी, कहीं भी, किसी से भी विवाह करने को तैयार हो गई थी। अंतिम बार जब वह मुझसे मिलने आई थी वह उसकी शादी से दो दिन पहले का दिन था। बेटी के प्रथम टी.वी. संगीत कार्यक्रम का समाचार उसने ही मुझे भेजा था। इसका अर्थ भी मैं समझ पा रहा हूँ यह एक संकेत था मुझे कि अब समय आ गया है जब मैं उससे सम्पर्क कर सकता हूँ। हुआ भी वैसा ही। सब कुछ जैसी उसकी योजना थी। पर विश्वास नहीं कर पाता कि कोई 'इंसान' इतनी बढ़िया और सटीक योजना बना सकता है? यह तो ईश्वर ही कर सकता है। तो क्या वह कोई ईश्वरीय शक्ति की वाहिका थी, पर था तो कुछ ऐसा ही तभी तो उसने अपने अनुसार लिखा था, अपना भविष्य, अपनी संतान का भविष्य और मेरे इस बेटे का भी, जिसके भविष्य के निर्माण की प्रेरणा स्त्रोत भी शायद वह ही रही होगी। और तो और भावावेश में लिया गया मेरा इरादा उनकी अमानत में खयानत करने का, मेरा क्रूर इरादा, वह समय भी वही था जब उसके साथ प्राणघाती दुर्घटना घटी थी। मैंने उसकी अमानत को खोकर उसे भी खो दिया था। आज सब्र करने के लिये उस छठी अंगुली का अवशेष भर मेरे हाथ में रह गया था, उसने अवश्य ही अपने अंश से मुझे मिला दिया था, उसका यह विश्वास कितना सच्चा था कि यह छठी अंगुली बिछड़े हुओं को मिला देती है। काश मैं उसके शब्दों में छिपे सत्य को समझ पाता तो आज वह भी होती और छठी अंगुली भी होती, मेरे हाथ में।

पर अब तो अवशेष को ही संजोकर रखना है ऐसा सोचकर मैं सरगम की संगीत शिक्षा और पढ़ाई के उचित प्रबन्ध में लगा हूँ- भरसक जी जान से। समय गुज़रता रहा। मेरे बेटे ने एम.एम.सी. प्रथम श्रेणी में उत्तीर्ण कर ली है प्रोफेसर बन गया है।

सरगम ने भी बी.ए. कर लिया। भविष्य की योजना में अपने पुत्र का सहयोग आश्वासन और सहभागिता चाहता हूँ। उससे बात करता हूँ उसका उत्तर सुनकर हतप्रभ और विमूढ़ जैसा अनुभव करता हूँ। पुत्र का भविष्य निर्माण करने में पिता का कर्तव्य प्रमुख होता है, किन्तु पिता के सपने साकार करने में पुत्र की यह अप्रतिभ उदारता मुझे कहीं अन्दर तक उल्लसित कर गई है। उसने 'हाँ' की थी। 'स्वर्णिम' ने, मेरे पुत्र ने, जिसमें मैंने तुम्हारा नाम पलट कर समाहित कर दिया था, हाँ 'मणि' ओ मणि, ओ मेरी मणि। उसने तुम्हारे 'सागर' से कहा था जिसके नाम के सभी अक्षर तुमने, अपनी बेटी के नाम में समाहित कर दिए थे।

स्वर्णिम ने कहा था "पापा–सरगम सुन सकती है, बोल सकती है, यही तो जीवन की धारा है, दृष्टि तो मेरी आवश्यक है। उसकी सुन्दरता देखने के लिए, उसकी देख–रेख के लिए, मैं उसकी दृष्टि बन जाऊंगा। और मैं स्वयं जाकर सरगम का हाथ अपने बेटे स्वर्णिम के लिए माँग कर सरगम के पिता की समस्या को हल कर आया हूँ।"

जीवन के शेष को और अपनी छठी अंगुली के अवशेष को संभालता हूँ। मन में कसक है। अवशेष था तो बिछुड़ा हुआ शेष मिल गया, कहीं यह पूरी अंगुली 'छठी अंगुली' होती तो 'हमारा' जीवन भी पूरा हो गया होता। आज याद आती हो 'तुम', और वह 'छठी अंगुली।'

■■■

वो आँखें

जी हाँ, जो भी अंधेरा हटा कर प्रकाश जगमगा दे, उसे शमा ही तो कहा जायेगा ना? मैं तो उसे शमा ही कहता हूँ। मुझे उसके प्रथम नाम से कोई लेना देना नहीं है और जिस नाम से उसे सब जानते हैं मैं उसे भूल जाना चाहता हूँ। क्योंकि वही नाम मिसेज अमुक ही तो मेरे जीवन का घना अंधेरा रहा है और इस बेनाम नाम ने ही मुझे अंधकार में डूबने से बचाया है मेरे परिवार में सुख शांति और खुशियों का उजाला फैलाया है। मुझे आदमी से इंसान बनाया है।

क्या दिन थे वो भी मेरी उम्र रही होगी लगभग 28-30, एकदम रसिक मिज़ाज। प्रसिद्ध थे हम आशिकाना स्वभाव के लिए। रोज़ पार्टियाँ, नए लोगों से मिलना, नए दोस्त बनाना, यही तो काम था हमारा। मैं हमारा शब्द का प्रयोग कर रहा हूँ, क्योंकि मैं अकेला नहीं, कई दोस्त थे हम इसी स्वभाव के। सभी समर्थ थे पैसे से, समाज में स्ट्रेटस था, परिवार था और था ज़िन्दगी में मज़े लूटने का जुनून, शामें रंगीन, ज़िन्दगी में शाम, जाम और शबाब चाहिये, ये प्यास बुझती कहाँ है। इन नशों की आदत पड़ गई थी जुनून, लत में बदल गया था।

परिवार को आदत पड़ गई थी, हमारे घर देर से लौटने की। बस शरीर वापस लौटता जिसे ड्राइवर सहारा देकर बिस्तर पर लिटा देता। सुध तो सवेरे देर तक सोने पर भी सही तरीके से वापस नहीं आती थी। जब होश में आ जाते तो मूड के अनुसार घर वालों से अपना सा व्यवहार कर लेते वर्ना उन आश्रितों को

रोटी, कपड़ा और मकान का हवाला देकर चुप रहकर जीवन बिताने को मजबूर कर डाँट और झिड़क दिया जाता।

कैसा था वह दिन जब वह घटना घटी थी जिसने जीवन का अंधेरा पहलू गुल करके शमा का उजाला जीवन में भर दिया था। आज उस दृश्य को आँखें देखना नहीं चाहतीं, उस चीख को कान सुनना नहीं चाहते। मन आत्म ग्लानि से भर जाता है। मन क्षोभ और घृणा से तार-तार होने लगता है। उस घिनौने, अमानवीय और कलुषित सत्य में से अमृत निकला, विष नहीं और उसी अमृत को मैंने शमा नाम दिया।

*****

हम मित्रों ने एक योजना बनाई। हम व्यापार के काम से दूसरे देश और विदेशों में भी जाते रहे हैं। कभी सब मिलकर तो कभी अकेले भी। अपने नए नए अनुभवों को बढ़ा चढ़ा कर बताने में कोई भी कसर नहीं छोड़ता था। हम सभी एक दूसरे की आदतों से भली भांति परिचित थे। जानते थे कौन कितना सच और कौन कितनी गप हाँक रहा है। कोई किसी की बात को गलत नहीं कहता था। ये गप्पें ज़िन्दगी के लुत्फ में शामिल थीं।

हम सभी संकट में तथा दुख सुख में एक दूसरे के साथी थे, एक बात में और भी हम-विचार थे कि परिवार के बाकी सदस्यों का आपस में परिचय नहीं था कोई किसी के घर नहीं जाता था, ना ही किसी पार्टी में परिवार के सदस्यों की मुलाकात का कोई अवसर बनाया जाता था।

पत्नी तो जिस्म होती है उसकी आत्मा से हमें कोई लेना देना नहीं था। परिचय तो हमारी स्वयं की आत्मा से भी नहीं था। परिवार को रोटी कपड़ा और मकान देकर स्वयं को भगवान

से कम नहीं मानते थे। हर समय उनके कर्तव्यों की उन्हें याद दिलाना और उनकी सीमाओं का उन्हें एहसास कराना अपना कर्तव्य समझ कर हम बखूबी निभाते थे।

अपने अपने तरीकों से हम जानकारी एकत्र करते कहाँ के होटल नए, खाना स्वादिष्ट, विशेष ब्यूटी पार्लर, मसाज का प्रबंध, इन सब पहलुओं पर खोज बीन करके 4-6 दिन का बिजिनेस टूर बना लिया जाता। वह समय तो मस्ती से गुज़ारा ही जाता-वापस लौटने पर नये अनुभवों और नये पार्टनर्स का ज़िक्र किया जाता और शाम और जाम के माहौल को रंगीन बनाया जाता।

परिवार के सदस्य यही समझते इतना पैसा कमाना मखौल नहीं, दिन रात एक करने पड़ते हैं, देश विदेश में धक्के खाने पड़ते हैं। घर का प्रत्येक सदस्य हमारी सुख सुविधाओं का पूरा ध्यान रखता जब हम लौटकर आते। उन्हें इस बात का एहसास भरपूर कराया जाता कि जो भी हम करते हैं परिवार की सुख सुविधा के लिए ही तो करते हैं।

व्यापार भी दिन दूनी रात चौगुनी तरक्की पर था। अब बाहर जाने के लिए समय की कमी पड़ने लगी थी। विचार बनाया गया, हमारे देश में मनोरंजनों की कमी है क्या? सो बस शहर के बाहर पास में ही एक फार्म हाउस में ठहरने का प्रबन्ध किया गया।

ये फार्म हाउस भी प्यारी जगह होती है प्राइवेसी का पूरा ध्यान। गेट पर चौकीदार, पास ही डॉग हाउस जहाँ फेरोशियस बढ़िया नस्ल के डॉग्स। एक बार आपकी कार गेट के अन्दर आई, मानों जन्नत में एंट्री हो गई। पेड़ पौधे, फल-फूल, तालाब झरने, लाईट म्युजिक झूले। बस बर्फ ढ़के पहाड़ों को छोड़ कर सभी नजारों को तराश कर सजाया था। मखमली घास, भीनी भीनी सुगंध, फूलों भरी क्यारियाँ। गाड़ियों से सामान उतार कर

कमरों तक पहुँचाया जा रहा था। लॉन में ही हल्की धूप में चाय की चुस्कियों का प्रबंध था।

थोड़ी देर प्रकृति का नज़ारा देखा फिर एक बड़े से ड्राइंग रूम में आकर बैठ गए। खानसामों को नाश्ते की हिदायतें देकर अपने कमरों में जाकर थोड़ा आराम कर के फिर तैयार होने की तैयारी में लग गए। इतना वी.आई.पी. ख्याल तो होटलों में भी नहीं मिलता। इतना नेचुरल वातारण यहाँ तो बस हम दो ही थे इन नज़ारों का आनन्द उठाने को। स्वीमिंग पूल, हैल्थ क्लब यहाँ जाकर आराम किया, कमरे के साथ लगे ultramodern kitchen वाला रूम नाश्ता बनते हुए का नज़ारा और सुगंध- नाश्ते का आनंद लिया और बाहर गोल्फ के लिए निकले। पूरी टीम के साथ कई घंटे का समय निकल गया। बैडमिंटन कोर्ट, टैनिस कोर्ट, टैबल टेनिस, स्क्वैश सभी सुविधाएँ उपलब्ध थीं। हम लोग भी तो यहाँ एक हफ्ते के लिये आए हैं अभी जल्दी क्या है कुछ आराम किया, हम मेन ड्राइंग रूम में वापस आए लंच से पहले बीयर लेने का प्रोग्राम था म्यूजिक की धुनें लगीं थीं। हम मूड में आने लगे थे कुछ नए जोक्स कुछ पुराने और जोक्स अब वेज से नॉन वेज हो चले थे।

शहर में ही ऐसा स्पॉट ढूँढ निकालने का 'अमुक' का आइडिया पसंद आया था। खाना खाया और अपने-अपने कमरों में जाकर सो गए। आँख खुली तो शाम के लगभग पाँच बजे थे। लॉन का माहौल गर्माने लगा था चुप्पी और सूनेपन में रौनक आने लगी थी। हम अपने पहले ही प्लान के अनुसार तैयार हुए और मेन रूम में आए। सभी सजे धजे, तैयार। बराबर हॉल में म्यूजिक तेज हो चला था हम लॉन में आए और जब लौटे तो नज़ारा किसी फाइव स्टार होटल के बाल रूम से कम नहीं था।

मैं अमुक की सूझ-बूझ और कार्य क्षमता के लिए उसकी सराहना कर रहा था।

हम बाल रूम में आ गए थे। कुछ जोड़े हमारे फ्लोर पर थिरक रहे थे कुछ टेबल्स पर सट कर बैठे थे। माहौल में कोई झिझक नहीं तो दूरियों का प्रश्न भला कहाँ? मेरी पसंद के गाने की धुन बजने लगी। बैठे बैठे ही मेरे पैर थिरकने लगे। शाम का जाम रंग पर था। हमारे तीसरे पहलू के लिए सरूर की भी ज़रूरत थी अब सिर्फ किस्से और जोक्स ही नहीं, हरकतें भी ज्यादा होने लगीं थीं और हम उठकर अपने अपने कमरों में जाने के मूड में आने लगे थे। हॉल में मनोरंजन प्रस्तुत करने वालियाँ, बैंड वाले, सभी जाने लगे थे। बार में काम करने वाले, खानसामे सभी अपना-अपना काम समेट कर जा रहे थे। रह गया था मैनेजर जिसकी ड्यूटी साहब लोगों को अपने तय किए हुए कमरों में पहुँचाने के लिए और हॉल तथा बाकी सभी जगहों की लाइट्स बन्द करके सोने जाने का समय था उसका।

पहले ही प्रोग्राम के अनुसार हमारे पास अपने अपने कमरों की चाभियाँ थीं और कमरों में रात गुज़ारने का उचित प्रबंध था।

मुझे कमरे के दरवाजों का डिज़ाइन अच्छा लगा। चाभी लगाते ही आप 6X6 छोटे से कमरे नुमा मार्ग में पहुँच जाते हैं, दरवाजा बन्द कर लें। कमरे के दूसरे दरवाजे को खोले बिना भी आप कमरे के भीतर का नज़ारा देख सकते हैं।, किंतु कमरे के अन्दर जो कोई भी है उसे इस बात का पता नहीं चल सकता।

हाँ तो मैं बाहर का दरवाजा खोल कर भीतर आ चुका था और उसी दरवाजे को उसी चाभी से बन्द कर चुका था। अब मैं उस चौकोर छोटे-से कमरे में था। फर्श पर महंगा कार्पेट और छत में छोटा-सा खूबसूरत शैडलीयर। दीवारों पर फूलों की

नक्काशी जिस पर छोटी-छोटी लाइट्स का प्रकाश डाल कर उजागर किया गया था।

अचानक मेरी निगाह रूक गई एक दीवार पर एक सुन्दरी का अक्स नज़र आने लगा। मुझे भ्रम हो रहा था उफ़। कितनी सुन्दर पेंटिंग है।

उसकी पोशाक कैसी थी? हाँ सोफ्ट पिंक लेस की झीनी झीनी गाउन सुन्दरी दोनों हाथ ऊपर उठाये बैले डांस जैसा पोज़ बनाए खड़ी थी जैसे कोई संगमरमर की मूर्ति हो। उस प्रतिभा की सुन्दरता, उसके बनाये पोज़ में उसके शरीर के तराशे हुए अंग और नयन नक्श।

गज़ब की सुन्दरता और यौवन। सरूर और शराब के मिलन पर जो होता है मेरा हाल वो हो रहा था। मैं सोचने लगा क्या मैं प्रतिमा को ही सराहता रहूँगा या कमरे के भीतर वाली सुन्दरी तक भी जाऊँगा।

तभी अचानक लगा कि प्रतिमा कुछ हिली। मैं चौंका। ये कैसे हो सकता है? पर ये सच था। प्रतिमा अपना पोज़ बदल रही थी और गर्दन घुमा कर, झुका कर अपने को ही भिन्न-भिन्न एंगल से निहार रही थी। उसके प्रत्येक अंग का नया स्वरूप साफ नज़र आ रहा था। मैं समझ नहीं पा रहा था उसके रूप को यों ही निहारता रहूँ या दरवाजा खोल कर उसके बिलकुल निकट पहुँच जाऊँ।

अचानक मुझे अपने 'अमुक' दोस्त की याद आ गई जिसने यहाँ आने का प्रोग्राम बनाया था। उसकी छाँटी हुई जगह न सिर्फ अच्छी थी वरन् सभी प्रबंध उससे भी अच्छे थे पर यह प्रबंध मेरी समझ से बाहर था उसकी इस खोज पर मैं हैरान था और

वह भी यह सौन्दर्य उसने अपने लिए न रख कर मेहरबानी मेरे लिये की, मैं उसकी जिंदा दिली का कायल हो रहा था।

अचानक मेरी तन्द्रा टूटी प्रतिमा सी लगने वाली उस सुन्दरी का चेहरा अब मेरी ओर था उसने अपने बंधे बाल खोल दिए थे। चेहरे पर बलखाती लटों को अंगुली पर कभी लपेटती, कभी खोलती। उसके चेहरे पर एक भाव आता, दूसरा जाता। लगा जैसे मुझे वो देख रही है और भिन्न-भिन्न भाव भंगिमा बना कर मुझे रिझाने और बुलाने का प्रयत्न कर रही है। पर नहीं, तभी मैंने देखा वो स्वयं को दर्पण में देख रही थी। मैं उसे देख पा रहा था। पर उसके ठीक सामने लगा शीशा तो मेरी दृष्टि से ओझल ही था। अब वह शीशे के सामने पड़े स्टूल पर बैठ गई है, आगे झुकने के कारण उसके बाल उसके चेहरे पर बिखर गए हैं। दोनों हाथों से उन्हें हटाने के फलस्वरूप बीच में से उसका चेहरा चाँद सा चमकने लगा वह स्वयं को देख कर अपने पर मुग्ध होकर मुस्कुरा रही थी। उसकी वह मुस्कुराहट मुझे पागल ही कर देती यदि बालों को छोड़ कर उसने अपना चेहरा ढ़क न लिया होता। वह फिर दरवाजे की ओर देखने लगी जिसके पीछे मैं खड़ा था। अब मुझे लगा, हाँ वह प्रतीक्षा कर रही है मुझे अन्दर चले जाना चाहिये। पर नहीं, मेरा मन उसकी कोई लुभावनी अदा देखने को कर रहा था। तभी उसने अंगड़ाई ली और पलंग पर लेट गई उसका सर मेरी ओर था, उसके बाल ज़मीन तक बिखर गये थे। उसके गाउन का झीनापन उसके अंगो की झलक दिखा रहा था उसकी Low Neck का कटाव उसकी आती जाती साँसों का पूरा एहसास करा रहा था। वह बेचैन लग रही थी करवटें बदल रही थी, कभी दायें कभी बाएं।

मैं अब निश्चय कर चुका था कि आगे कौन सा कदम उठाना है। मैंने देखा उसने झटके से उठकर लाइट हल्की कर दी, गाउन उतार दिया, और एक डैलिकेट सी lingree में, थकी सी पलंग के किनारे बैठ गई अब उसकी पीठ मेरी ओर थी और यही मौका था दबे पाँव अन्दर जाने का, मैंने वही किया और उसके पास तक पहुँच गया।

वह निश्चल बैठी रही, हिली नहीं। मैंने उसके बालों में अपनी अंगुलियाँ उलझाईं और सहलाने लगा, वह तब भी उसी प्रकार शांत बैठी रही। उसके इतने करीब होने का एहसास मुझे मदहोश कर रहा था उस पर भी ये ख्याल कि मेरे हाथ आगे बढ़ाने पर भी वह हिली नहीं, शायद वह भी इसी प्रतीक्षा में थी।

मेरा हौसला बुलन्द था मैंने आगे बढ़ कर अपने दोनों हाथों से उसका चेहरा ऊपर उठाया और दंग रह गया कितनी नशीली निगाहें हैं। मैं हैरत से देख रहा था। मेरी आँखों में नशा उतर आया था और उसकी आँखों का नशा गायब होने लगा था।

अचानक उसकी आँखों का सारा नशा पूरी हैरत में बदल गया- उसने झटके से मेरा हाथ अपने चेहरे से हटाया और छिटक कर पीछे हट गई और जो गाउन उसने थोड़ी देर पहले उतारा था, उठा कर समेटती हुई, अपने अधढके शरीर पर लपेटती हुई, लड़खड़ाती हुई एक कोने में सिमट गई।

अब उसका शरीर एक गठरी सा दिख रहा था। उस गठरी पर काले बाल बिखरे थे और बीच से चमक रहीं थीं दो आँखें, हिरनी जैसी हैरत से भरी, मैं सकते में आ गया था, ये क्या हो रहा है? क्यों हो रहा है? इससे अच्छा तो मैं बाहर ही खड़ा था, नशे और सुरूर से भरपूर। मैं हैरान होकर अपने हाथ, अपने सर

और बालों पर घुमा रहा था, समझने का प्रयत्न कर रहा था, कहाँ कुछ और क्या गड़बड़ हुआ है। अभी तक तो सब ठीक था मैं झुंझलाहट में उसकी ओर बढ़ रहा था। वह अभी भी वहीं दबी हुई, डरी हुई बैठी थी। उसकी वे दो आँखें अब हैरानी और अविश्वास के भाव से भरी थीं। उसे उस हाल की जैसे उम्मीद ही नहीं थी।

तो वह इस कमरे में थी ही क्यों? क्या कर रही थी? मेरी आँखों में प्रश्न थे, उसकी आँखों में कौतूहल था कि ये सब क्या हो रहा है। मेरी आँखें कह रहीं थीं यही तो होना था इस समय यहाँ। तुम्हें क्या हो रहा है? मैं आगे बढ़ने की सोच रहा था उसने मेरी आँखों के भाव पढ़ लिए थे और वह और अधिक सिमट कर जैसे दीवार से चिपक सी गई थी। इतनी बेबसी और असहायता तो मैंने किसी चलचित्र में किसी नायिका की आँखों में भी नहीं देखी थी। उसकी आँखें गज़ब की भावबोधक थीं। एक भाव आता फिर पूरी तरह गायब, फिर दूसरा भाव आता जो पूरी स्पष्टता से उभर आता।

अब मैं डर गया था क्या करूँ? मेरा सिर घूम गया था। मैं जितना अभी तक किस्मत को सराह रहा था, अब उतना ही धिक्कार रहा था। भला यह भी कोई बात हुई मेरा ये ट्रिप इस तरह बर्बाद करने का उसे कोई हक नहीं वो मेरे अधिकार में है मैं ज़बरदस्ती कर सकता हूँ।

मेरी आँखों का ये भाव भी वह ताड़ गई थी और अब उसकी आँखों को भयानक डर ने आ घेरा था। इतना खौफ, डर तो तब होता है जब मौत सामने खड़ी हो या शेर या पिशाच। शेर तो यहाँ हो नहीं सकता– क्या उसे मेरी आँखों में पिशाच का रूप नज़र आ रहा था?

ओह नहीं। मैं इंसान हूँ। इंसानों जैसे शौक पाले हैं मैंने। मैं पैसा फेंकता हूँ शबाब खुद चल कर मेरे पास आता है। मैं खुद को संभालने के लिये पलंग के कोने पर जाकर बैठ गया।

मेरी आँखें लगातार उसकी आँखों पर टिकीं थीं। उसका डर कुछ कम हो गया था, कुछ राहत सी झलकी उन आँखों में। परिस्थिति के इस मोड़ ने उसके धीरज का बाँध तोड़ने की ठान ली। अब उसकी आँखों में नमी तैरने लगी थी, एक अनुनय थी, विनय थी वह काँपती हुई आवाज़ में कुछ बुदबुदा रही थी- वह कह रही थी प्लीज़...

मैं समझ नहीं पा रहा था। उसे प्लीज ही कहना था तो भगवान के नाम पर यहाँ इस समय थी ही क्यूँ? ओह! ये मेरे साथ क्या हो रहा है, क्यूँ हो रहा है और मैंने लगभग चीख कर कहा ये प्लीज प्लीज क्या, तुम कौन हो, तुम यहाँ पर क्यों हो?

अब मेरे हाथ मेरी आँखों पर रखे थे मैं हालात से बहुत निराश हो रहा था और उस नन्हें समय में उसने जल्दी से गाउन पहन लिया और उसे अपने शरीर से कस कर लपेट कर बैठ गई। अब उसकी आँखें आश्वस्त थीं कि उसके साथ कोई ज़बरदस्ती नहीं होगी।

उसने धीमें से कहा, "आप शायद गलती से इस कमरे में आ गए हैं यहाँ तो मेरे पति को आना था।"

मेरा नशा काफूर होने लगा। कौन है इसका पति किसने मुझे दी इस कमरे की चाबी? किसने की इतनी बड़ी भूल? मैंने कोई गलती नहीं की, यह मेरा ही कमरा था मैंने उठ कर अलमारी खोली, हाँ वहाँ मेरा ही सामान था।

अब मैंने उसकी ओर बिना मुड़े ही कहा, "मैं गलती से इस

कमरे में नहीं आया हूँ, देखो यहाँ मेरा सामान है। यह मेरा ही कमरा है। शायद तुम ही गलत कमरे में आ गई हो।"

हकलाती भाषा में उसने कहा वह तो जानती ही नहीं वह किस जगह है। उसे तो उसके पति ही शाम को उस कमरे में पहुँचा गए थे और रात को लौट आने का वादा किया था उन्होंने। वह तो उन्हीं का हर पल इंतज़ार कर रही थी। हाँ सच ही तो कह रही थी वह। मैंने स्वयं अपनी आँखों से देखा था उस संगमरमर के बुत को जो भी करते हुए मैंने देखा वह तो सच में ही एक दुल्हन अपने पति के इंतजार में ही कर सकती है। इतना भोला इतना प्यारा सौन्दर्य किसका है यह? कौन है इस सब का स्वामी, कौन है इसका पति?

उसने मेरी आँखों का प्रश्न पढ़ लिया था और निगाहें नीचे झुका कर अपने पति का नाम बोल दिया था। मेरे कानों में गरम लोहा सा पड़ा। नहीं ऐसा नहीं हो सकता मेरा दोस्त ऐसा छल नहीं कर सकता, इसके साथ, मेरे साथ।

मैं फिर चेहरा आगे करके उससे पूछना चाहता था क्या वह होशो हवास में है? सच कह रही है?

मैं पूछ भी न पाया कि उसने कहा जो कुछ उसने कहा वह सच ही है और कोई परिस्थिति होती तो वह अपने पति का नाम बोलती भी नहीं अपने मुंह से। परिस्थिति की नाजुकता को देखते हुए उसने अपना सीधा परिचय दिया था कि वह मिसेज... अर्थ था मेरे दोस्त 'अमुक' की पत्नी। उसके दुबारा बताने पर अब शक की कोई गुंजाइश नहीं रह गई थी।

मैंने पलंग से एक चादर उठा कर उसकी ओर बढ़ा दी। उसने झपट कर पकड़ ली और सिर से पाँव तक स्वयं को ढक लिया।

वहीं कोने में सिमटी बैठी रही। उसकी आँखें मुझ पर ही टिकीं थीं।

वह मेरी हर हरकत को अपलक देख रही थी, उसका अर्थ लगा रही थी। अब उसकी आँखों में डर लेश मात्र भी नहीं था, वह मेरी ओर से आश्वस्थ हो चुकी थी। मैं अब पूरे होशो हवास में आ चुका था। मेरा नशा काफूर हो चुका था।

मैंने पानी भरा एक गिलास उठा कर उसकी ओर बढ़ा दिया और मैं एक गिलास का पानी एक घूँट में एक साँस में पी गया। गिलास रखते समय मैंने देखा उसने सिर झुका कर गिलास होठों से लगा लिया था उसके होंठ काँप रहे थे वह पानी पी रही थी और उस पानी में उसी के टपकते आँसू मिलते जा रहे थे, फिर भी उसकी आँखें खुली थीं और मुझ पर टिकीं थीं।

मैंने देखा उसकी आँखों में कृतज्ञता के भाव भरे थे। उसके काँपते होंठ, उसके टपकते आँसू आभार प्रगट कर रहे थे। मैं अब परेशान नहीं हैरान था। सोच रहा था अब आगे क्या करना है क्या करना ठीक रहेगा।

उसने कहा कि मुझे उसके लिए परेशान होने की ज़रूरत नहीं। बस किसी प्रकार मैं उसे उसके घर पहुँचा दूं तो वह आभारी होगी। और मैं सोच रहा था उसका घर? कौन से मकान को ये घर कह रही है। कौन है उस घर का मालिक। जो भी है क्या उससे इसका कुछ नाता बाकी है? क्या अभी भी उस मकान को घर मानती है जो वहाँ जाना चाहती है।

मैं प्रश्न भरी निगाहों से उसे देखता रहा। उसने बताया कि उसे तो हर हाल में उस घर में वापस जाना ही है। उसके पति ने उसे कभी अपनी पत्नी माना ही नहीं। बस भटकता रहता है

कहीं न कहीं। आज उसने कहा था वह सारे गिले शिकवे मिटा देगा मुझे ऐसी जगह लेकर जायेगा जिसे हनीमून कहते हैं और वह यह लोभ संवरण नहीं कर पाई थी। वह अपने पति के साथ आई थी इस कमरे तक उसे भला क्या सोचना था कि कमरा कहाँ है यह जगह कहाँ है। वह तो खोई हुई थी उसकी आने वाली सुखद घड़ियों के ख्वाबों में।

मैं सोच रहा था क्या कोई पति अपनी पत्नी के साथ ऐसा घिनौना धोखा कर सकता है। अभी तक मैंने उसे ज़रा सा भी आभास नहीं होने दिया था कि मेरी समझ में सारा माज़रा आ चुका है। उसका पति मेरा दोस्त नहीं बल्कि दोस्ती के नाम पर कलंक है।

मेरे मन में रोष जाग उठा। मैं खड़ा हो गया। वह मेरा इरादा भाँप गई थी शायद- आँखों में अनुनय विनय भर कर बोली, "छोड़िये, उनको मैं जानती हूँ। सवेरे वह घर आ ही जायेंगे और दिनों की ही तरह।" उनके पहुँचने से पहले यदि वह घर पहुँच पाती। किस तरह, ये तो वह नहीं जानती थी। अब उसकी आँखों में आशा की झलक सी नज़र आ रही थी कि मैं उसकी कुछ मदद करूँ।

जितना भी वह अपने घर और पति के लिए क्षमा शीलता का व्यवहार कर रही थी- मेरा क्रोध उतना ही अधिक बढ़ रहा था उसके पति के प्रति। वह नहीं जानती थी कि इस समय वह कहाँ है और क्या कर रहा है पर मैं तो जानता था। मैंने बढ़कर अपनी अलमारी खोली और कुछ निकाल कर उसी रफ्तार से बंद करके, तूफान की तरह कमरे से बाहर निकल गया। वह कुछ समझ नहीं पाई थी इस बार। मैं धड़ धड़ करता उस कमरे तक पहुँच गया जहाँ वह था। जोर से मैंने दरवाज़ा खटखटाया।

मैं खटखटाता ही रहा और अन्ततः उसे दरवाज़ा खोलना ही पड़ा।

मुझे देखते ही वह गंभीर सा हो गया, कुछ सोचने लगा कि मैंने उसका कालर पकड़ लिया और चिल्ला कर कहा कि वह मेरा दोस्त होने लायक नहीं, किसी भी लायक नहीं, जीने के भी लायक नहीं। वह मेरी पकड़ से अपने को छुड़ाने का भरसक प्रयत्न कर रहा था। अपनी सफाई में कुछ कहना चाहता था पर, मैं उसकी इस गिरी हरकत के लिए कुछ सुनने को तैयार नहीं था मेरे सिर पर क्रोध का भूत चढ़ा था।

मैंने जेब से पिस्तौल निकाल कर सीधी उसकी गर्दन पर रखी और घोड़ा दबा दिया एक धमाका, एक चीख और फिर सभी लाइटें जल उठीं और लोगों का आना जाना, फुसफुसाना। वह चादर में लिपटी मेरे पास खड़ी थी, मैनेजर भी नींद में दौड़ता वहाँ तक पहुँच कर ठिठक कर खड़ा हो गया था। मैं सीना तान कर खड़ा था जैसे कोई शुभ काम किया हो, जैसे कोई मंजिल पार की हो या किसी मुकाम पर पहुँच गया हूँ।

अचानक मैंने देखा कि मेरा हाथ खाली है वह पिस्तौल अपने सीधे हाथ में पकड़े सिर झुकाये खड़ी थी।

इससे पहले कि मैं कुछ कहता उसने ही कहा था, "आपने जो करना था कर दिया, अब जो कुछ करना है मैं स्वयं करूँगी" उसने बड़े कड़े शब्दों में मुझे चुप रहने की हिदायत दी थी। उसका व्यवहार मेरी समझ से बाहर हो रहा था। आखिर उसके दिल में क्या है, वह क्या करना चाहती है, वह क्या करेगी?

अचानक उसने कस कर मेरा हाथ पकड़ा और खींचती हुई कमरे की ओर चल दी और मैं लड़खड़ाता हुआ उसके साथ खिंचा हुआ कमरे तक चला आया। उसने ठीक कहा था जो मुझे

करना था मैं कर चुका था किंतु मैं यह जानना चाहता था कि वह क्या करने वाली है?

कमरे में आकर उसने कहा कि समय कम है। पुलिस के आने से पहले वह बैठ कर मुझसे कुछ बात करना चाहेगी। मैं धम से एक कुर्सी पर बैठ गया। वह बाथरूम में गई और शीघ्र वापस आ गई। अब वह पहचानी नहीं जा रही थी। उसने बालों को कस कर बांध लिया था। हल्के रंग की साधारण सी साड़ी बड़े सलीके से पहनी थी। बड़ी ही घरेलू सी लड़की लग रही थी। इस घरेलूपन के ध्यान से मुझे अपना घर याद आ गया। पत्नि और बच्चों का ध्यान आ गया और फिर पुलिस और आने वाले समय का। अचानक मैं कमज़ोर होने लगा था मैं घबराहट से काँपने सा लगा था किन्तु वह, वह तो अपने सीधे हाथ में वही रिवाल्वर लिए खड़ी थी। वह समय के चलते चलते समय बदल जाने का अंदाजा लगा पा रही थी, तभी उसने सामने पड़ी कुर्सी पर बैठते हुए कहना आरंभ किया, "मेरे पास समय कम है, कुछ बातें कहना चाहती हूँ जिन्हें दुहराने का मेरे पास समय नहीं आयेगा कभी" और मुझे हिदायत दी कि घबराना छोड़कर उसकी बात ध्यान से सुनूँ।

मैं अब बिलकुल अबोध सा उसकी बातें सुन रहा था उसका मुंह देख रहा था कितनी शक्ति रखती है परिस्थिति का सामना करने की। उसने कहा, "मेरा जीवन नरक है जिससे छुटकारा मिलना असम्भव था।"

उसने आगे बताया कि अमुक अमीर माँ बाप का एक बिगड़ा बेटा था जिसके लिए इस सुन्दरता की स्वामिनी और सुसंस्कृत परिवार की लड़की को अमुक के माता पिता ने चुना था कि वह उसकी सुन्दरता का कायल हो जायेगा। धीरे-धीरे गृहस्थी बढ़ने

पर पारिवारिक जीवन का आदी हो जायेगा रातों को घर वापस आ जाया करेगा। इसके माता पिता ने भी यह बात मान ली थी। गरीब माता पिता इतने सौन्दर्य की धनी बेटी को सुरक्षित रख पाने में कठिनाई महसूस करते थे। धनी घर में बेटी ब्याहने का लोभ भी वह संवरण नहीं कर पाए थे। अमुक ने माता पिता को तसल्ली के लिए यह विवाह कर लिया था पर इस थोपी हुई पत्नी से उसने कोई वास्ता नहीं रखा था।

अमुक को ना सुधरना था ना वह सुधरा। हाँ उसका अपना भाग्य पूरी तरह बिगड़ गया था। संस्कारों से बंधी लड़की, ना तो अमुक को छोड़कर माता-पिता के घर जा सकती थी ना ही आत्महत्या जैसा जघन्य कृत्य। और भारतीय नारी होने के नाते अमुक का जीवन लेने का तो ख्याल भी कभी उसके दिल मे नहीं आया पर हाँ वह इस घुटन भरे जीवन से मुक्ति अवश्य चाहती थी।

नारी का विधवा होना एक अभिशाप है परन्तु मैंने उसे विधवा बना कर उस पर बड़ा उपकार किया है। उसे उस नारकीय जीवन से मुक्त किया अतः वह धन्यवाद स्वरूप यह अपराध अपने ऊपर ले रही है। ऐसे जीवन से तो आजन्म कारावास उसे मन्जूर था। उसने मुझे देवता के पद पर बिठा दिया था और मुझे हिदायत दी-थी हाथ जोड़कर प्रार्थना की थी-कि मैं सच्चाई किसी को भी कभी प्रगट नहीं होने दूँगा और उस किए गए उपकार के बदले में आजन्म सजा उसे स्वीकार थी।

उसने कहा था कि यहाँ का यह दिन, यह समय, यह हादसा भूल कर मैं अपने परिवार में चला जाऊँ और सुख शांति से जीवन बिताऊँ।

अब मेरी आँखों में उसके लिए श्रद्धा थी, करुणा थी, हैरानी थी हजार भाव थे मन में; जो मैं ना कभी आँखों में ला पाऊँगा और ना ही कभी शब्दों में कह पाऊँगा।

मैंने कहाँ उसका उद्धार किया था उद्धार तो वह मेरा कर रही थी अमुक के खून का दोष अपने सर लेकर।

"उसने कहा था कि खून करने के जघन्य अपराध से बच भी गई और भगवान कृष्ण बन कर मैंने इस कृत्य को अंजाम दिया। उसके नारीत्व को अपमानित नहीं किया। उसका मन मेरे प्रति घनी श्रद्धा से भरा है" और भी न जाने क्या-क्या वह कहती जा रही थी। उसकी स्थिरता पराकाष्ठा पर थी मुझे लगने लगा वह दैवी गुणों से सम्पन्न एक प्रतिमा है तभी तो इतनी जटिल परिस्थिति में भी इतनी असाधारण बातें इतनी सहजता से कर रही थी।

बाहर से आवाजें आने लगीं थीं, शायद पुलिस आ गई थी कमरे का दरवाजा खुला था मैनेजर कमरे में आया। हम लोग उसी प्रकार स्थिर बैठे रहे। पुलिस आफ़ीसर के आने पर उसने अपने आपको समर्पित कर दिया शांति पूर्वक सधी हालत में पुलिस की गाड़ी में जाकर बैठ गई।

जाते समय ध्यान से मैंने उसका चेहरा देखा। दोनों आँखों में कितने भाव थे, मैं भला शब्दों में बयान कहाँ कर पाऊँगा दोनों भवों के बीच माथे पर अब बिन्दिया नहीं चमक रही थी। पर दमक रहा था उसका भाल उसके चारित्रिक सौन्दर्य से। उस चमक को सिर्फ मैं ही देख पा रहा था।

कितना बड़ा विरोधाभास था परिस्थिति में। वह मेरी शुक्रगुजार थी कि मैंने उसे अपने ही पति के खून करने के जघन्य अपराध

से बचा लिया था। यद्यपि वह इसी अपराध हेतु स्वयं को पुलिस के आगे समर्पण कर रही थी। जेल में रह कर दोषी और अपराधी का जीवन जीने को तैयार थी उस अपराध का दोषी जो उसने किया ही नहीं जो अपराध मैंने किया था।

वो आभारी थी कि मैंने उसे उसके नारकीय जीवन से मुक्ति दिलाई थी जहाँ उसका पति रक्षक के स्थान पर दलाल बन कर उसका भक्षक बन जाए। उसके पति का खून करके मैंने उसे एक नर पिशाच से छुटकारा दिलाया था। उसके पति का खून करके मैंने उसे विधवा बनाया था। अब वह इस समाज में एक विधवा और खूनी का जीवन बितायेगी। दोनों ही चीजों का जिम्मेदार वह नहीं मैं था पर फिर भी वह मेरी आभारी थी भाग्य की कैसी विडम्बना थी। मैं आत्मग्लानि से झुका जा रहा था। एक और बात के लिये भी वह कृतज्ञ थी कि मैंने उसके सम्मान की रक्षा की थी। उसके शील को भंग नहीं किया था। दोस्त की पत्नी तो अपनों के दायरे में आ जाती है क्योंकि वह 'अपने दोस्त' की है। जब हम घर से बाहर हैं तो बस घर से बाहर हैं घर की इज्जत तो घर पर ही रहनी चाहिये।

उसकी सादगी, सच्चाई और दृढ़ता को मैं देखता रह गया। उसकी उम्र नहीं थी यह सब सीख जाने की। अरे! वह उम्र से नहीं पकी थी उसके अनुभव परिपक्व हुए थे उसके दुर्भाग्य से, गरीब माता पिता के घर जन्म से, फिर ऐसा नकारा और दुराचारी पति के मिलने से।

*****

वह खून के जुर्म में जेल में रही थी- वह खूनी नहीं थी। वह कैदियों से घिरी थी यद्यपि वह कैदियों के साथ नहीं रखी गई थी। उसने बारह वर्ष कीचड़ में कमल की भांति जीवन जिया था।

उसके व्यवहार एवं चारित्रिक सुन्दरता ने सभी कैदियों और कर्म-चारियों के जीवन को प्रभावित किया था। उनकी सोच को नई दिशा दी थी।

वह कारावास की भट्टी में अपने अतीत को भस्म कर के आज एक शमा ही नहीं वरन् मशाल बनकर जेल से बाहर आ रही थी।

सफेद परिधान में वह उन्मुक्त पक्षी की भांति स्वतन्त्र, आत्म-निर्भर और आदरणीया दिख रही थी।

उसकी आँखों में सुहढ़-भविष्य की योजनाऐं सजी थीं।

मुझे देखकर उसके ओठों के किनारे पर छलकी, हल्की सी मुस्कान और आँखों की चमक ने मेरे मन पर रखा पत्थर हटा दिया था।

अब मैं साफ साफ देख पा रहा था यद्यपि उसके माथे पर बिंदिया नहीं थी परन्तु सजी थीं सम्पूर्ण भाव-भरी और संवेदना से पगी वो आँखें।

■■■

तुषा–तुषार...

तुषा से मेरी मुलाकात दुनियाँ की स्वर्गनगरी स्विटजरलैंड के अस्पताल में हुई थी। किसी फ्लाइट पर फूड पोइज़िनिंग के कारण आकस्मिक लैंडिंग की गई थी और पीड़ितों को अस्पताल में भर्ती किया गया था। दो दिन देख भाल के बाद स्वस्थ होकर सभी यात्री अपनी अपनी अगली यात्रा पर रवाना हो गये थे। मेरे लिए विधाता ने कुछ और ही प्लान बनाया था। मुझे एक सप्ताह और रुकना पड़ा था। तुषा की ड्यूटी मेरे कमरे में थी। हाँ, वह एक नर्स थी।

उसकी सेवा, व्यवहार और कार्य कुशलता से स्वास्थ लाभ तो हुआ ही, उसके व्यक्तित्व ने कुछ इस कदर प्रभावित किया कि चलते समय भविष्य में सम्पर्क बनाये रखने की इज़ाजत माँगने से मैं स्वयं को रोक नहीं पाया।

लगभग छः माह तक हम फोन और ई–मेल से एक दूसरे को पहचानने लगे थे। मुझे उसकी दो बातें बहुत पसंद आई थीं।

उसका कार चलाने का शौक जो मेरा भी था। वह एक कुशल ड्राइवर थी उसे हर तरह की गाड़ी चलाना अच्छा लगता। दूसरी बात कुशलता पूर्वक शौक से नई–नई भाषाएँ सीखना जो मेरे बस की बात नहीं थी।

उसने कई देशों की भाषाएँ सीख ली थीं और किसी भी देश के बीमारों को वह उन्हीं की भाषा में बात करके हैरान कर देती थी जो उनके स्वास्थ लाभ में बहुत मदद करता था। मुझसे अक्सर वह मेरे देश की भाषा, वेषभूषा, त्यौहार, रीतिरिवाज

प्रसिद्ध पर्यटन स्थल, और संस्कृति के विषय में अनेक सवाल करती और समय-समय पर सब कुछ दुहरा कर मुझे आश्चर्य चकित कर देती।

यह सब शायद कोई बड़ी बात नहीं थी पर उसका पर्यटन पर जाने की व्यवस्था करना मेरे लिए नई बात थी।

जहाँ जाना होता उस देश की भाषा का प्राथमिक ज्ञान, जलवायु का पूरा ब्यौरा, उसी के अनुसार अपने कपड़ों की व्यवस्था, देखने योग्य स्थलों के विषय में पूरी जानकारी उसको होती।

अधिक आश्चर्य की बात कि उस जगह के रोड मैप्स का बारीकी से अध्ययन करके अपनी ज़रूरत के हिसाब से नए मार्ग दर्शक मैप बना लेती जिससे वहाँ पर उसे ड्राइविंग करने में आसानी रहे। इतनी लम्बी व्यवस्था देखकर मैं सोचता कि इसे तो टूरिस्ट डिपार्टमेन्ट में होना चाहिये। किंतु नहीं उसका सेवा भाव, ज्ञान और क्षमता कहीं अधिक थी। उसके लिए यही जीविका सबसे अधिक उचित थी।

मेरा जाग्रत मन उससे अधिक वार्तालाप के लिए उत्सुक रहता पर अचेतन मन कुछ और ही स्वप्न बुन रहा था। मैंने उससे उसके देश की भाषा सीखने का बहाना बनाया हम प्रतिदिन घंटों बातें करते उसका भाषा सिखाने का तरीका इतना सरल और ग्राह्म था कि कुछ ही सप्ताह बाद हम कई भाषाओं के मिश्रण में बात करने लगे।

एक नई भाषा के ज्ञान ने मेरे कार्यक्षेत्र को एक नई दिशा दिखाई और मेरा ऑफिस मुझे यूरोपियन देशों के टूर पर भेजने लगा। हम लोग मिलने का मौका कभी नहीं चूकते थे।

मुलाकातें घनिष्टता में बदलीं और एक दिन मैं उसे प्रपोज़ कर बैठा। वह हैरान भी थी और प्रसन्न भी। उसने मुझे कुछ और अधिक समय सोचने के लिए कहा। विभिन्नताएँ अनेक थीं। जैसे धर्म, देश, जाति, रहन सहन, पर एकताएँ भी कम न थीं। एक से विचार, शौक, भविष्य के सपने, आपसी सौहार्द्र और एक दूसरे का पूरा सम्मान। कुल मिलाकर कुछ समय बाद मैं अपनी बात दुहरा रहा था।

वह मंद मंद मुस्कुरा रही थी ना हाँ कहा न 'ना', ना ही और अधिक सोचने का समय माँगा। मैंने अर्थ लगाया कि मुस्कान ही उसकी हाँ है।

माता पिता से अनुमति मिलने की गुंजाइश कम थी फिर भी उन्हें अपना विचार बताया। वो इस रिश्ते को जोड़ने को कभी तैयार नहीं थे वरन् मुझसे रिश्ता तोड़ना उन्होंने उचित समझा। मेरी कोई दलील उन्हें नहीं भाई और तुषा के बारे में कुछ भी जाने बिना उनका 'ना' कहना मुझे नहीं भाया।

उनका कहना था कि एक दिन मुझे अपनी गलती का एहसास होगा और मैं उनके पास लौट आऊँगा। मेरा मानना था कि माँ पिता जी मेरे बिना अधिक दिन नहीं रह पायेंगे और एक दिन अवश्य मुझसे बात करेंगे...।

माँ ने क्रोध में कहा था जब वह फिरंगी लड़की तुम्हें छोड़ कर चली जाए, तो लौट कर हमारे पास आ जाना, हम इंतज़ार करेंगे।

मैं हैरान था तुषा जैसी लड़की किसी को भी मंझधार में नहीं छोड़ सकती, भला मेरा साथ क्यूँ छोड़ेगी? जो संभव ही नहीं उसके इंतज़ार में माँ अपना बाकी जीवन क्यों बिताना चाहती हैं?

उनका बस एक ही कहना उनके भोले-भाले बेटे को किसी ने मोह पाश में फँसा कर गुमराह कर दिया। वो बद्दुआ देने में भी नहीं चूकीं थी मेरी औलाद को मुझसे छीनने वाली को भला औलाद का सुख मिलेगा, वो फिर भूल कर रहीं थीं कि बद्दुआ उनके बेटे के लिए जा रही है।

पिता जी मुझे गैर ज़िम्मेदार और नालायक करार दे रहे थे। उनके लाड़ प्यार और पालन पोषण को भूल कर मैं किसी और के प्यार में कैसे फँस गया।

माँ का बार बार कहना था निभाने वाली लड़कियाँ बड़ी मुश्किल से मिलती हैं। क्या-क्या सपने थे। शादी होगी, सब मिलकर साथ-साथ रहेंगे। यह विलायती लड़की भला साथ कहाँ रहेगी, हम अपना धर्म भ्रष्ट नहीं करेंगे। उनका अनर्गल विलाप और वार्तालाप लगातार जारी था।

मैं सम्बन्ध जोड़ने की बात करने आया था वो टूटने की सूचना दे रहीं थीं।

मैंने खूब सोचा और पिता जी से बात करने की योजना बनाई। समय और मूड देखकर उनके सामने अपनी बात रखी। हैरानी हुई जब उन्होने कहा- "तुम्हारी माँ से बात करूँगा।" सदैव अंकुश रखने वाले पिता, आदेश देने वाले पति, इकतरफा फैसले सुनाने वाले को आज क्या हुआ?

देर रात पानी पीने को उठा तो माँ रूआँसी आवाज़ में कह रही थीं, मेरा करोड़ों का बेटा बिना दमड़ी हाथ से निकल रहा है। पिता जो समाज में दहेज प्रथा का विरोधी रहते थे उनको जवाब में कहते सुना, "अरे मैं अपने गुस्से को रोक नहीं पाऊँगा तुम ही उसे समझाओ ये पागलपन छोड़ दे। अपने लाड़ प्यार में उसे बहलाओ।"

अब मैं समझ चुका था बात बिगड़ ही चुकी है। मुझे शीघ्र ही वापस जाना होगा कभी ना लौट कर आने के लिए।

क्या संतान माँ बाप की सम्पत्ति होते हैं। क्या उन्हें समर्थ होकर भी अपनी स्वतः की जिन्दगी के बारे में कोई निर्णय लेने का अधिकार नहीं मिलना चाहिये। माता पिता को साथ लेकर चलने की भावना होने पर भी क्या उन्हें स्वार्थी ही कहा जायेगा?

मेरा सर्विस कान्ट्रैक्ट अभी पाँच पर्ष का बाकी था, अतः ना तो मैं पाँच वर्ष तक भारत ही जा पाऊँगा और ना ही पाँच वर्ष तक इतंजार करने का प्रश्न था।

मैं तुषा के पास वापस लौट आया था, विवाह का प्रस्ताव रखा था और भारत तथा जन्म दाताओं को भूल कर विवाह कर लिया था।

इक्कीसवीं सदी की आधुनिक तकनीक के सहारे हम नए स्थान, घूमने योग्य साइट, म्यूजियम, पार्क, बिल्डिंग, थियेटर आदि की पूरी जानकारी इक्ट्ठी करके पूर्व बुकिंग करके हम लोग घूमते ही रहे, यहाँ वहाँ इधर उधर, दुनिया भर।

पूर्व पश्चिम, यूरोप चीन, एशिया सभी जगह की यादें हमने अपने कैमरों में बन्द कर ली थीं। लौटकर आने पर भी मित्र गणों के साथ उन चित्रों में खोए रहते। कुछ दिनों बाद फिर कहीं और जाने की तैयारियाँ शुरू हो जातीं। हमारा यौवन और शादी के पन्द्रह वर्ष बाद भी जब हम दो ही रह गए थे तो बस इधर उधर घूमना ही जीवन का सार रह गया था।

हम दोनों कुछ समय बिताने अंडमान गए थे। वहाँ इतना मन लगा कि छः माह वहीं रह गये। पहले तीन माह खूब ही घूमे

आनन्द लिया और फिर राधा स्वामी बीच के तट पर रहे और नए यात्रियों को आते जाते देखते रहते, मिलते रहते।

अचानक तुषा की तबियत कुछ ढीली रहने लगी थी। उसने समुद्र में जाना कम कर दिया था फिर तो हिम्मत भी टूटने सी लगी थी। वही लहरें जो कभी मन को उद्वेलित करती थीं अब डराने लगी थीं उसे। होटल के कमरे में लेटे और कभी टैंट में लेटे लेटे ही चारों ओर फैला समुद्र, फेन बनाती लहरें उनका शोर कभी सन्नाटा, हमारे चारों ओर छाने लगा था। लगता था हमारा वह ट्रिप बिलकुल बेकार हो गया था। बस किसी तरह थोड़ी तबीयत सँभले और अपने देश वापस चलें।

*****

अब लगने लगा था यह आखिरी पड़ाव है। समझ नहीं पा रही थी कि मुझे क्या हुआ है। कब स्वस्थ हो पाऊँगी। बड़ी मुश्किल से एक डॉ. का पता चला। उसने देखा, परखा तो एक ऐसी खबर दी कि विश्वास करना चाहते हुए भी मन मान ही नहीं पा रहा था। मैं गर्भवती थी लगभग पाँच माह का गर्भ था और मैं अन्जान ही रह गई थी?

पैंतालीस वर्ष की आयु में नारी जीवन में प्राकृतिक समय के मोड़ वाली उम्र का आभास मन में बन गया था यह सोचा ही नहीं कि यह प्राकृतिक मोड़ नहीं, प्रकृति का चमत्कार है।

दुनिया भर के दुःख और परेशानियों में हम दोनों साथ ही रहे एक दूसरे को पूरी तरह संभाल पाये परन्तु आज इस अचानक खुशी के अवसर पर अपनों से दूर रहना मुश्किल लग रहा था। खुशी का भार संभालने के लिए परिवार वालों की, अपनों की ज़रूरत लगी थी।

हम दोनों जितना हैरान थे, उतना ही प्रसन्न भी। डॉ. की सलाह थी कि थोड़ी तबियत संभलने पर मुझे किसी अच्छे डॉ. की देख रेख में, जहाँ सभी प्रकार की सुविधाएँ प्राप्त हो सकें, ऐसे हॉस्पीटल में चले जाना चाहिये सो हम लोग शीघ्र ही स्विटजरलैण्ड लौट आये थे। मेरे हॉस्पीटल में, मेरी अच्छी देखभाल का पूरा प्रबन्ध हो गया था।

काफी समय तो अन्जाने में ही गुज़र गया था अब लगभग तीन माह बाकी थे, एक शिशु को अपने भीतर पलने के सुखद सुन्दर आभास और अनुभव में गुज़र गए।

एक स्वस्थ बच्चे (जिसे हमने 'तुषी' पुकारा) को अपनी गोद में देखकर, ममत्व भाव से मन भर गया। एक ऐसा भाव जिससे मैं अभी तक अनजान थी।

माँ होने का एहसास क्या होता है। अब यह समझने में कुछ भी तो समय नहीं लगा। दिल बड़ा हो जाता है, असीमित प्यार से भरा दिल, जिम्मेदारियों से भरा दिल, अपनी सुख सुविधाओं के त्याग से भरा दिल। भविष्य के सुनहरे सपने बुनता दिल। आज माँ बनकर माँ की कमी का एहसास सबसे अधिक हुआ। अनाथ होना, अनाथालय में पल कर बड़ा होना, जिसे माँ का प्यार कभी मिला ही नहीं, आज वो दिल माँ के प्यार से लबालब भरा था।

अचानक तुषार की माँ का ख्याल मन में आया। क्यों और कैसे एक माँ ने अपने पाली पोसी सन्तान से नाता तोड़ दिया था? क्यों और कैसे?

■■■

अहसान-ए-अहसास

कहाँ से शुरू करूँ कुछ समझ नहीं आता। यह नहीं कहूँगी कि याद नहीं। याद तो मुझे एक एक लम्हा है इन गुज़रे हुए सालों का। पुरानी यादें ताज़ा हो जाती हैं किसी वाकए से हालांकि ये यादें कभी बासी भी नहीं होतीं। अभी जो हाल है वही पहले बताती हूँ फिर धीरे-धीरे समय की परतें अपने आप पन्नों की तरह पलटती जाएंगी।

*****

हमें समझ नहीं आ रहा कि अपने चेहरे को, नहीं नहीं चेहरे को नहीं, मन के खयालों को बेनकाब होने से कैसे बचाएं! सामने ही बैठे हैं नवाब साहब और उनकी पत्नी। पास में बैठा है अहसान, जो लगातार हम पर नज़र टिकाए है और हमारी गोद में बैठा है अहसास। बस हम और कुछ नहीं देखना चाहते। हालांकि हमें अच्छी तरह पता है, हम सबके चारों ओर अच्छी खासी भीड़ जमा है और उस भीड़ की ताज्जुब भरी और इच्छुक भरी सी आँखें हम पर हैं। कुछ कैमरे तैयार हैं अपनी आँखों में हमारी तस्वीर उतारने को।

पर हम यूं बेनकाब नहीं होना चाहते। बिलकुल भी नहीं, हमने तो आजतक कभी कुछ नहीं कहा मुंह से। पर हमें हर बार लगा है कि ये... आँखें हमारा राज़ हर बार बेपर्दा करती रहीं हैं। पर आज क्या करें? अब क्या करें? डर के मारे हम अपनी आँखें बन्द कर लेते हैं और धीरे से बोल रहे हैं- अहसास। कुछ करो, हमें बचा लो। हम इस सबका सामना नहीं कर पाएंगे अहसास।

तभी हमें सुनाई दी कैमरों की क्लिक। बन्द आँखों में भी कैमरों का उजाला चमका और साथ ही हमारे बाएं गाल पर एक गर्म एहसास। हाँ अहसास ने हमें बचा लिया था कैमरे की क्लिक से। उसने हमारे चेहरे के सामने अपना चेहरा कर लिया था और साथ ही हमें प्यार भी किया था। उसका दायाँ हाथ मेरे हाथ में और भी कस गया था। हम तो कुछ देर और ऐसे ही रहना चाहते थे दूसरी ही दुनिया में, अरमानों की दुनिया में, अहसास की दुनिया में- पर एक ही साथ बहुत से ठहाकों की आवाज़ आई- कोई कह रहा था "बेटा बिलकुल बाप पर गया है।" आँखें खुल गई।

अहसास की आँखों से प्यार बरस रहा था और साथ ही झलक रहा था विश्वास- आपने ही तो कहा था बचाने को, तो हमने आपको बचा लिया।

पास ही बैठे अहसान की आँखें लाल थीं, नम थीं, क्या क्या भरा था उनमें जो टपक जाने को तैयार था- क्रोध? प्यार? हार? मज़बूरी जलन? शर्म? या सब कुछ।

सामने वो बैठे हँस रहे थे, खुल कर हँस रहे थे पहली बार- हाँ इन गुज़रे हुए सारे वर्षों में पहली बार उन्हें हँसते देखा वह भी इतना खुल कर। वे गहरी उदास आँखें इस तरह और इस कदर हँस रही थीं कि छलक पड़ती थीं।

उनके साथ ही बैठीं थीं, वह उनकी बेगम सूनी आँखों के साथ। उनका विषाद, उनकी आत्म ग्लानि, सब कुछ बह चुका था, अब उनकी आँखें थीं रीती और सपाट-

चारों ओर की भीड़ में हँसी के बाद सन्नाटा लगा पर कुल शांति नहीं थी। फुसफुसा रहे थे कुछ लोग।

तभी किसी ने मेरे सामने झुक कर, मेरी आँखें में सीधा झाँक

कर कहा था, "मेरा कैमरा इन आँखों की कहानी पकड़ नहीं पाया। पर मैं ही क्या, सब जानते हैं कि प्रोफेसर की किताब जल्द ही स्टाल पर आने वाली है, उसके कवर के लिए इस फोटो से अच्छा भला क्या हो सकता है? खुली आँखों का जादू तो हमारा कैमरा पकड़ नहीं पाया पर ये बन्द आँखें ही कवर पेज के लिए अन्दर की कहानी की सबसे अधिक सशक्त वक्ता होंगी।"

*****

बीस साल पहले प्रोफेसर और उनकी बेगम कार एक्सीडेंट का शिकार उस समय हुए थे जब कि उनका पहला बेटा इस दुनिया में आने के लिए उतावला था और प्रोफेसर जल्दी में बेगम को पास के ही 'खान' नर्सिंग होम ले जा रहे थे कि अचानक पास ही मोड़ पर तेज़ आते हुए ट्रक से जा टकराये।

जब उन्हें होश आया तो उन्होंने अपने को डॉ. लिज़ा के हड्डी-विभाग के बैड पर पट्टियों से लिपटा पाया। आँखें खोलने पर देखा था लूना को बैड के पास ही रखे पालने पर झुके हुए सब कुछ अजीब लगा था। कहाँ हूँ? मुझे क्या हुआ? अरे बेगम कहाँ हैं, क्या हुआ? तभी ध्यान गया पालने की ओर। नर्स ने मेरी प्रश्न भरी आँखों को समझते हुए और समझाते हुए कहा था "सब कुछ ठीक है। आप को काफी चोटें लगी हैं, हिलिएगा नहीं, दर्द महसूस करेंगे और देखिए तो सही, कितना चाँद सा बेटा पाया है आपने।"

या अल्लाह। यह सब क्या है? सब कुछ उल्टा लग रहा है मेल वार्ड में पलंग के पास बच्चे का पालना और उसके पास खड़ी नर्स कह रही है... पर यहाँ पलंग पर मैं क्यूँ? यहाँ तो मेरी बेगम को होना चाहिए था मेरी बेगम कहाँ हैं? और उस नर्स की जगह मुझे होना चाहिए था, मैं बैड पर क्यों हूँ? धीरे धीरे सब

कुछ याद आ रहा था हम दोनों का कार में होना और चौराहे का वो धमाका और फिर ब्लैक आउट!!

मैं घबरा कर उठने की कोशिश कर रहा था और पीड़ा से कराहते हुए बुदबुदा रहा था बेगम, बेगम! मेरे हाथों ने कस कर नर्स को पकड़ रखा था, वह कुछ कह रही थी पर मैं सुन नहीं पा रहा था। मेरी आँखों के आगे अंधेरा घना होता जा रहा था।

अबकी बार मेरी आँखें गहरी नींद के बाद खुलीं। फिर वही वार्ड, पालना, नर्स। पर अब मुझे सब याद था मैंने चारों ओर देखा सब कुछ पहले जैसा ही लगा। मैने बड़े धैर्य के साथ पूछा, अपना वाक्य पूरा किया, "बेगम कहाँ हैं? वह सलामत तो हैं ना?"

पर मैं दिल को कुछ ऐसे जवाब के लिए तैयार कर रहा था जिसे मैं सुनना नहीं चाहता था। पर समझ गया था कि सुनने जा रहा हूँ। नर्स ने मेरे सिर पर हाथ रखा और कहा, "वो आपसे दूर जा चुकीं हैं, अब लौट नहीं पाएंगी। डॉ. लिज़ा मुश्किल से आपके बेटे को बचा पाई हैं वह सलामत है देखो यहाँ सो रहा है।"

उसके शब्दों का जादू मेरे कान में भर कर मेरे दिमाग की उत्तेजना को शांत कर गया था, ठीक वैसे ही जैसे उसके स्पर्श ने उसके नाम नर्स की सार्थकता का सबूत दिया था।

मेरा मन शांत था पर आँखें कुछ देखने को उतावली हो रही थीं, मैं स्वयं को हिलने डुलने से रोक रहा था डर था कि ऐसा करने से कहीं असहनीय पीड़ा हो और कहीं पहले की तरह वह घना अंधेरा मेरे ऊपर फिर से ना छा जाए।

मैंने चाहा, बेटे को देखूं, पर उसने इशारे से ही बताया कि सो रहा है, जगाना ठीक नहीं, फिर वही आँखों का जादू मुझे समझा

गया कि बोल कर बच्चे की नींद खराब करना ठीक नहीं। उचित यही है कि मैं भी आराम करूँ और उसे भी सोने दूँ। छोटी सी नींद, दवा की खुमारी-या झपकी लगी थी कि कुछ आवाज़ों ने जगा दिया।। डा. लिज़ा, पति एवं पत्नी दोनों ही खड़े थे। चेहरे उदास थे पर कहीं आँखों के कोनों में पानी की चमक के साथ होठों के कोनों में हल्की मुस्कान भी झलकती थी।

मुझे दोनों का अर्थ पता था बेगम को नहीं बचा पाए पर नन्हें नवाब को तो देखो...। उनकी मज़बूरी, कार्य कुशलता, सहानुभूति, अपनापन और अपने ग़म ने मन को फिर छलका दिया। मेरी आँखों की कोर से ग़म बहने लगा पर मैंने मुस्कुराने का प्रयत्न करते हुए कहा, "मुझे सब पता चल गया है जो आपने मेरे लिए किया उसका शुक्रिया कैसे करूं?"

डॉ. लिज़ा ने मेरा आगे बढ़कर हाथ थामते हुए कहा- That is Like a Brave Man बस थोड़े ही दिनों की बात है- दोनों ही ठीक हो जाओगे और चलते फिरते नज़र आओगे। देख लेना अभी ये दोनों लेटे हैं पर जब यहाँ से जाएंगे दोनों ही चल कर जाएंगे। सब लोग हँस पड़े पर मैं सोचने लगा, क्या मैं जब तक यहाँ रहूँगा तब तक नन्हें नवाब चलना भी सीख जाएंगे। और वह मेरी अंगुली पकड़ कर मुझे ले जाएंगे?

वह पहेली-उलझन भी दूर हो गई जब डॉ. ने बताया कि कैसे एक्सीडैन्ट में मेरी दोनों ही टाँगे टूट गई थीं, बेगम का साथ छूट गया था। पर नन्हें नवाब और हम उस कमरे में, उसके साथ साथ के बरांडे में और फिर धीरे-धीरे पास के लॉन में जिन्दगी को जीते रहे। इन ढाई सालों में हम कब और कैसे लूना के इतने करीब होते गए और डा. लिज़ा की सहेली और खान नर्सिंग होम

की मालकिन कैसे बेगम बन गई सब बताना होगा। मिस खान हमारी बेगम हैं ये भी बताना ही होगा।

*****

उस दिन के बाद से हम दिल में अपनी बेगम के गम को दबाए, बसाए, छुपाए, उनकी यादों को गुज़रे ज़माने की माला में पिरोते हुए कड़वी हक़ीकत और हालात से समझौता करने लगे। नन्हें नवाब और हममें कोई ज्यादा फर्क नहीं रह गया था। दोनों ही पराधीन, समय की मार से टूटे हुए बिस्तर पर पड़े रहते। नन्हें नवाब कभी सो कर कभी रो कर अपनी ज़रूरतों का एहसास कराते रहते और हम कभी कह कर, कभी चुप रह कर ल्यूना को बताते रहते (उसके ही कहने पर हमने उसे नर्स कहना छोड़ दिया था) वह मशीन की भांति काम करती रहती। मिस खान जो हमारी और नन्हें नवाब की जिन्दगी की जिम्मेवारी लेने के लिए तैयार थीं, का हुकुम शतशः बजाती रहती।

हम दोनों के सोने और जागने के बदलते समय के कारण ही ल्यूना की ज़िन्दगी में बदलाव आता वर्ना घड़ी की सुइयों की भांति ही वह रात दिन हमारे इर्द-गिर्द घूमती-व्यस्त रहती। मिस खान जब हमारे कमरे में आ कर उसे जाने के लिए कह देतीं तो वह चली जाती।

शायद आराम करती होगी, सोती होगी, सोचती होगी, उसका और कोई है क्या, किसी से बातें करती होगी, क्या बातें करती होगी, क्या सोचती होगी, क्या नन्हें नवाब उसके दिल में अपनी जगह बना पा रहे हैं? मैं बस यही सब सोचना चाहता जब वह वहाँ नहीं होती और जब वह मिस खान के आदेशानुसार फिर वहाँ आ जाती तो मन की उलझन को सोचने के लिए कुछ रह

ही नहीं जाता। क्योंकि जो भी कुछ वह कर रही है मेरे सामने ही तो कर रही है मेरे पास ही तो है।

उसकी इस दिनचर्या, लगन, कार्य कुशलता, त्याग, अपनेपन और सेवा भाव से मैं अपने ऊपर एक दबाव महसूस करने लगा और मन में एक भाव जागा। मैंने नन्हें नवाब का नाम अहसान ही रख दिया।

सच बता दूँ यह नाम अभी अधूरा था जो मैंने डॉ. के आने के समय सबको बताया था। उस अधूरे नाम को डॉ. लिजा की सहेली ने- मेरे दिल की इच्छा से ज़रा सा भी सरोकार किये बिना पूरा कर दिया था, अहसान-ए-लिज़ा। उनका कहना था कि डॉ. लिजा ने अपनी Ortho की विषेश जानकारी द्वारा मेरी जगह-जगह से टूटी हड्डियों को जोड़कर जिन्दा रहने के काबिल बना रखा था। डॉ. लिज़ा के नही नही ऐसा तो नहीं कहने के बाद भी उनकी सहेली ने पालने पर लटकते चार्ट पर बड़े लफ्ज़ो में लिख दिया था अहसान-ए-लिज़ा। आँखों में आई नमी के कारण मैं आगे कुछ देख नहीं पाया पर मेरे मन की आँखें वहाँ दूसरा ही नाम पढ़ रहीं थीं और उस नाम का पहला अक्षर भी L ही था।

घर में हमारी बेगम और हम बस दो ही थे। इस हादसे के बाद घर में जाना रहना कैसे संभव होगा समझ से बाहर की बात थी तभी मिस खान ने ऐलान कर दिया था- "प्रोफेसर साहब आपको यहाँ कोई तकलीफ तो नहीं तो फिर बस आराम से रहिए जब तक ठीक नहीं हो जाते। आपके खाने रहने का कॉटेज में प्रबन्ध कर दिया गया है। ल्यूना आप दोनों की देखभाल करने के लिए है। मेरा घर भी तो पास में ही है। कभी भी रात को ज़रूरत पड़े नौकर को भेज कर मुझे बुलवा लेना।" फिर मेरे हज़ार मना करने पर भी सब कुछ बिलकुल वैसा ही होने लगा जैसा उन्होंने प्लान किया था।

दिन गुज़रने लगे थे, ज़ख्म भरने लगे थे। लेकिन यह वर्तमान इतना अधिक हावी हो गया था कि अपने ज़ख्म, नन्हें नवाब की देखभाल, ल्यूना का इर्द गिर्द होना और मिस खान के हुक्म और प्लानिंग से भरा माहौल शरीर के ज़ख्म भी ज़हन में कभी कभी ही कसक करते थे।

हमने पहले ही कहा था कि नन्हें नवाब और हमारी हालत एक ही थी। जब हम कुछ उठने बैठने लायक हुए तो लीजिए माशा अल्लाह नन्हें नवाब भी करवटें लेना सीख रहे थे। और एक दिन डा. लिजा के आश्चर्य का ठिकाना ना रहा जब हम अपने पलंग पर बैठे थे और नन्हें नवाब अपने पालने में। वह कह रहीं थीं- "देखिए तो छः माह कैसे गुज़र गए- थैंक्स गॉड।"

ल्यूना को अब हिदायतें कुछ अधिक मिलने लगी थीं अहसान की देखभाल के बारे में। वो भी हर समय ल्यूना के साथ ही रहना चाहते थे शायद...। मेरी बात को छोड़िए। ल्यूना अहसान को कमरे से बाहर ले जातीं तो मेरे कान बाहर ही लगे रहते। क्योंकि तभी तो उसकी आवाज़ सुनाई देती थी। तौबा वह कितना बोलती है अहसान से, भला वह क्या समझेगा पर नहीं वो बराबर हाँ हूँ में जवाब देते रहते। कमरे में आते जाते समय दोनों फिर चुप होते थे। अहसान नहा धोकर, खेलकर, बातें करके, खा पीकर थककर सो जाते और ल्यूना फिर मशीन बन जाती थी।

मिस खान के हुकुमताना स्वभाव और शक्की मिजाज़ के बीच जी पाने का सबसे अच्छा तरीका ल्यूना ने चुना था खामोश मशीन बन जाना। मैं स्वयं को बोझ समझता था, असहाय पाता था। परिस्थति की गहराई को समझते हुए मैं भी खामोशी का साथी बन गया था। मैं समझ गया था कि यदि मैंने कुछ कहा और मिस खान को नागवार गुज़रा तो वह मुझे कुछ नहीं कहेगी

पर उसी दिन ल्यूना की छुट्टी हो जाएगी। चुप रहने में ही खैर थी मेरी भी, नर्स की भी। और ज़िन्दगी यूँ ही गुज़रती रही।

एक दिन हम दोनों ही, अहसान और हम, खड़े होने का प्रयत्न कर रहे थे। एक दिन दोनों ने ही पहला कदम रखा। असली पहला कदम था मेरा। गिरने के डर से मुझसे बैसाखी छूट गई मेरा हाथ ल्यूना के कंधे का सहारा ले रहा था। ल्यूना के दूसरे हाथ की अंगुली अहसान थामे था। मेरे मन ने मुझसे कुछ कहा था। मैं कुछ निश्चय की दिशा में कदम उठा रहा था मेरे बेटे की दिशा भी वही थी, मंजिल भी वही, ऐसा लगा था मुझे।

जिन्दगी की रफ्तार धीमी थी पर गति थी। कुछ अच्छा घटित होने पर ल्यूना पलकें उठा कर देखती होठों में वही मुस्कान छुपी नज़र आती मुझे। मेरे लिए इतना ही बहुत था और अहसान के लिए तो वही सब कुछ थी। जिन्दगी की रफ्तार बढ़ती हुई लगने लगी। इस बीच मिस खान ने मेरी गृहस्थी की बाग डोर स्वयं संभाल ली थी। उसे वह धीरे-धीरे कसती जा रही थीं। पहले वह डॉ. लिज़ा की सहायक बन कर मेरी देखभाल करती रही। नौकर को खाना कब देना है। हमारे कपड़े वह स्वयं खरीदती और सँवारने का जिम्मा ल्यूना का। फिर मेरे मित्र और बिजनैस पार्टनर से खर्चे के हिसाब को संभाला। जब तक मैं कुछ चलने लायक हुआ, स्वयं को बोझ कम और आत्म निर्भर अधिक समझने लगा, तब मुझे लगा मैं पूरी तरह उनकी गिरफ्त में हूँ। अब उनकी मर्ज़ी के बिना कुछ भी करने की हिम्मत ना नौकर की थी और ना ल्यूना की और मेरी भी हिम्मत के बाहर का काम था।

वो ल्यूना और नौकर को हर समय, वजह बेवजह टोकतीं रहतीं कभी समय को लेकर, कभी काम की रफ्तार को लेकर।

पहले मैं समझता रहा कि काम की अधिकता को लेकर या मेरे निराशा जनक स्वास्थ्य लाभ के कारण उनका मिजाज़ कुछ ऐसा हो गया है। पर बात तो अधिकार तक आ पहुँची थी। अक्सर उनको कहते सुना ल्यूना और नौकर से कि अमुक काम अपनी मर्जी या अपने तरीके से करने का तुम्हें क्या अधिकार है? तुम्हें अपनी फर्ज़ की सीमा में रहना चाहिए। अब वो अधिकार के दायरे में मुझे भी शामिल कर लेतीं। वो बड़े ही अधिकार पूर्ण स्वर में कहती कि पूर्ण रूप से सेहतमंद हो जाने के बाद जब हम घर जाएंगे तो घर में अमुक अमुक बदलाव होने चाहिए ताकि हम व्हील चेयर पर आराम से घूम सकें। इसलिए स्टैप्स टूटने चाहिए घर का फर्श समतल होना चाहिए आदि आदि। आप शायद समझ नहीं पा रहे होंगे कि ये व्हील चेयर बीच में कहाँ से आ गई। यह भी एक हादसा है जिसके बीच से हमें गुज़रना पड़ा।

एक दिन अहसान और हम दोनों चलना सीख रहे थे। ल्यूना साये की तरह हम दोनों के साथ रहती। हम तो चार कदम चल कर थक जाते पर हमारा बेटा तो माशाअल्ला कदम के बाद कदम बढ़ाता ही जाता था। कदम बढ़े, गति बढ़ी और एक दिन वह कमरे से बाहर निकल गया। हमारे लिए तो डॉ. का भी यही कहना था कि हमें चलना सीखने में अधिक समय लगेगा।

ल्यूना अहसान के पीछे दौड़ी कहीं वह गिर ना जाए। बेटे को दौड़ता देखने की खुशी में हम भूल ही गए कि हम कितना मज़बूर हैं हमने जल्दी जल्दी चार कदम उठाए हम दरवाजे तक तो पहुँचे पर चल कर नहीं गिर कर। तभी हमारी रीढ़ की हड्डी में कुछ ऐसा हुआ कि अन्दर की कोई नस दब गई। डॉ. कहते हैं नस नाकाम हो गई हम खड़े तो हो पाएंगे पर चलने के लिए

कभी कदम नहीं उठा पाएंगे। हमें बैसाखियों और व्हील चेयर का मुहताज ही रहना पड़ेगा।

इसके बाद तो एक के बाद एक चोट लगती ही रही और हम चोटों के आदी हो गए। उस दिन मिस खान ने ल्यूना को कितना लताड़ा था। उसकी आँखों से बहते आँसू रुकने का नाम ही नहीं ले रहे थे। मैंने लाख समझाया कि गलती मेरी थी ल्यूना की नहीं मैंने ही जल्दी कदम बढ़ाए। पर मेरी इन बातों और ल्यूना के आँसुओं ने उनकी क्रोधाग्नि में घी का काम किया। वह आपे से बाहर हो गई।

वो कह रही थी, "मेरी सारी मेहनत पर पानी फिर गया, मैं लुट गई।" हार कर डॉ. लिजा ने उन्हें सुलाने की दवा दी। होश में आने के बाद वह जल्दी ही नर्वस हो जातीं गुस्सा भी जल्दी आता। डॉ. लिजा का कहना था कि अब इनका मानसिक तनाव बढ़े ऐसी कोई बात नही होनी चाहिए वर्ना उनकी पहले जैसी हालत हो सकती है।

घर का हर बन्दा उनकी सेहत और मूड का ध्यान रखता। ल्यूना अधिक गुम और उदास रहने लगी थी। अहसान से भी पहले जैसी बातें नहीं करती थी। उसे अधिक से अधिक मेरे कमरे से दूर रखा जाता और मेरी देख भाल मिस खान स्वयं नौकरों के द्वारा कराने लगीं थीं।

वह बात-बात पर ल्यूना पर बरसना न भूलतीं। अहसान अधिकांश समय ल्यूना के ही पास रहता। एक दिन आया कि वह स्कूल जाने लायक हो गया और मैं घर में ही बने ऑफिस में व्हील चेयर पर बैठ कर जाने लगा। जिन्दगी ने फिर रफ्तार पकड़ी। मेरा ऑफिस जाना और अहसान का स्कूल जाना, दोपहर

को वापस आना, खाना खाकर सोना, शाम को अपने ही लॉन में समय बिताना।

ल्यूना को मेरे सामने आने का कम ही अवसर मिलता पर अहसान के साथ उसी लगन और प्यार से लगी रहती। अपनी ज़िन्दगी से मायूस होने पर भी अहसान को ठीक प्रकार पलता बढ़ता देख कर दिल को सुकून था। अहसान के लिए ल्यूना ही सब कुछ थी। पहले वह उसे ऊना पुकारता था पर अब साफ बोलता है ल्यूना। ल्यूना पर उसी का पूरा अधिकार है वह सिर्फ उसके लिए है। मिस खान का ल्यूना पर नाराज़ होना उसे अच्छा नहीं लगता था।

मेरे दिल में ल्यूना की जगह इतनी मुस्तकिल होती जा रही थी उसे और कोई भर पाएगा ये नामुमकिन लगता था। पर दिमाग कहता मुझे अपनी अपाहिज और बोझिल जिन्दगी का भार उस पर थोपने का कोई अधिकार नहीं। काश मैं ठीक हो पाता और उसे दिखा पाता कि वह मेरी जिन्दगी में कहाँ तक समा गई है। मैं तो चाहता था कि ज़माने की सारी खुशियों पर उसका अधिकार हो। नहीं मैं अपने मन की बात उस पर कभी जाहिर नहीं करूँगा। फिर सोचता अहसान का क्या होगा। ल्यूना के बिना कैसे रह पाएगा मैं अकेला उसका सहारा कैसे बनूँगा, जबकि मुझे ही सहारे की ज़रूरत थी।

हज़ार दिल पर काबू रखने के बावजूद लिज़ा की सहेली की पैनी निगाह ने हमारे दिल की बात पहचान ली। एक दिन ऑफिस से आने पर पता चला ल्यूना घर में नहीं हैं। अहसान ने स्कूल से लौटने के बाद जब ल्यूना को नहीं पाया तो हज़ार सवाल मुझसे पूछने शुरू किए। मैं क्या उत्तर देता। मेरे अपने मन में उससे अधिक सवाल उमड़ रहे थे।

सब सवालों का मिस खान ने एक ही वाक्य में उत्तर दे दिया कि अहसान अब बड़े हो गए हैं ल्यूना की क्या ज़रूरत है और उनके संरक्षण में मेरी जिन्दगी बिलकुल सुरक्षित (महफूज) रहेगी।

मेरा मन बगावत कर रहा था ल्यूना मुझे कुछ बताए बिना, अहसान से कुछ कहे बिना कहाँ चली गई, कैसे चली गई? अब कहाँ होगी? क्या पता है उसका? कैसे उसे बुलाया जाए। इस सवाल का जवाब किसी के पास नहीं था।

कई दिन तक अहसान रो रो कर भूखा सो गया। दिन गुज़रने लगे- अहसान अपने काम स्वयं करने लगा था पर गुमसुम हो गया था समय पर उठता, खाता, स्कूल जाता सब कुछ करता पर बस बोलता नहीं था, ना मुझसे, ना किसी और से।

मैं अहसान की चुप्पी पर हैरान था। चुपचाप गुमसुम गुज़रती ज़िन्दगी में अहसान का छठा जन्मदिन आया और किसी को याद भी नहीं रहा और दिन की याद दिलाई डाक में आए एक खूबसूरत से कार्ड ने और छोटे से पत्र ने। सब कुछ सिर्फ अहसान के लिए दुआ भी, दुलार भी।

यह सकून-ए-खत आया कहाँ से? लाख चाह कर भी पता ना लग सका। हाँ अहसान की गुमसुम दिनचर्या में एक काम बढ़ गया सवेरे उठने पर पहला काम कुछ देर उस कार्ड को देखना और दिन का आखिरी काम उस कार्ड को कुछ देर देखना, फिर सो जाना।

मैंने साल के 364 दिन इस दिनचर्या को यूँ ही होते देखा और 365वें दिन देखा कि किस विश्वास के साथ अहसान सवेरे सवेरे लैटर बाक्स की ओर गया और एक कार्ड और पत्र निकाल कर ले आया। मैंने अपने सात साल के बेटे से हार मान ली थी।

उसका प्यार और विश्वास किस कदर बेमिसाल था कुछ कहते नहीं बनता।

एक दिन डॉ. लिज़ा आईं। मेरी सेहत और अहसान की पढ़ाई के बारे में पूछ कर कहने लगीं, "सात साल से मेरी सहेली तुम्हारी, तुम्हारे घर, तुम्हारे बेटे, तुम्हारे बिज़नैस की देखभाल कर रही है कुछ समझते हो या नहीं, कब तक ऐसे पत्थर बने रहोगे?"

हम नींद से जैसे जागे। हमने कैसे समझ लिया कि उनकी सहेली ज़िंदगी भर को हमारी सिर्फ केयर टेकर ही बनी रहेगी। ल्यूना के बारे में हज़ार चाहते हुए भी कुछ पूछने की हिम्मत न हुई। उन्होंने खुलासा करते हुए कहा कि मैं उनकी सहेली से निकाह क्यूँ नहीं कर लेता?

हालात के आगे सिर झुकाते हुए लिज़ा की सहेली को बेग़म बनाने की बात मैंने अहसान से की। उफ़! उसने किन निगाहों से मुझे देखा था, पर जल्दी ही बड़ी कुशलता से स्वयं को संभालते हुए अपनी सहमति दे दी थी।

शादी के बाद भी अधिक अन्तर नहीं आया था, सिवाय इसके कि वो अब इस घर की लीगल केयर टेकर बन गई थी, रात को भी यहीं थीं हम उन्हें बेग़म कहने लगे थे, पर अहसान ने उन्हें कभी अम्मी नहीं कहा था।

अहसान अब और अधिक अलग और अपने में खोया-खोया रहने लगा था और एक दिन उन्होंने फिर लैटर बक्स में से एक कार्ड और पत्र निकाला तो तभी हमने उन्हें बधाई दी कि अब वह आठ साल के बड़े भाईजान हो गए हैं, क्यूँकि घर में एक नन्हें नवाब आए हैं।

अहसान ने कार्ड और खत को ले जाते हुए एक क्षण को फिर उन्हीं निगाहों से हमें देखा। जिनका अर्थ हम समझ नहीं पाते।

फिर ज़िन्दगी अपनी रफ्तार से चलती रही। हम अपने स्टडी रूम में अपनी कलम से ज़िन्दगी को कागज़ों पर उतारते रहे पर किताब के पन्नों को ज़िन्दगी तो नहीं कहा जा सकता ना?

दोनों बच्चे बड़े होते रहे और इसी प्रकार सोलह वर्ष गुज़र गए।

इन दस सालों में बेग़म जिन मानसिक तनावों में से गुज़रीं- मेरी कलम में ताकत नहीं बयाँ करने की।

आए दिन का डिप्रेशन, नींद के इंजेक्शन कभी गुम हो जाना, कभी अचानक आपे से बाहर हो जाना, चीखना, चिल्लाना रोना, डरना। डॉ. लिजा ने उनकी देखभाल का पूरा जिम्मा लिया हुआ था। एक दिन उनके साथ एक ख्याति प्राप्त मनोचिकित्सक आए। वो पहले दवा देकर उन्हें सुला देते फिर घंटो उनसे सवाल पूछते जिनका उत्तर बेग़म देतीं, कभी डर कर, कभी चिल्ला कर, कभी क्रोध में, कभी आत्मग्लानि से भरे, कभी माफी माँग कर। हर बार की सिटिंग के बाद कुछ हालत संभलती लगती। एक दिन बात चरम सीमा पर पहुँची वे बहुत रोईं, बहुत अधिक, मनोचिकित्सक शांत और स्थिर बैठे रहे इस प्रतीक्षा में कि अब उनकी समस्या का समाधान होगा।

आखिर वह क्षण आया। बेगम बिना दवा के भी डॉ. के प्रश्नों का उत्तर देने लगीं। एक दिन उन्होंने कहा कि एक बात जो वो सोलह वर्षों से छुपाए हैं अब नही छुपा सकती ना ही छुपाना चाहतीं हैं। सब उनके मुंह की ओर देखने लगे। उन्होंने कह ही

दिया कि ल्यूना को उन्होंने क्यों निकाला था, कहाँ भेजा था, और उससे क्या वायदा लिया था। गंभीर होकर कहा कि अब वह उसे वापस बुलाना चाहती हैं स्वयं उसका पता बताया, जहाँ वह एक बदले नाम से काम कर रही थी। उसके बाद उन्होंने मुस्कुराकर सबकी ओर देखा वो मुस्कान जैसे उनके चेहरे पर छप गई थी उनके मन से मानो बोझ उतर गया था।

अब वह एक सामान्य स्वस्थ मस्तिष्क की मालिक थीं। उन्हीं के कहे अनुसार ल्यूना को लाया गया था और आज का दिन घर के लिए एक विशेष दिन बन गया था।

*****

ल्यूना आंटी आप इतने दिन कहाँ रहीं? आपका पता हमें नहीं मालूम था। नहीं तो हम सभी लोग आपको खोज निकालते। आंटी, पर एक बात है, ना होते हुए भी आप यहाँ थीं, इस घर में हर जगह सबके दिल और दिमाग में।

ये अहसान भाई आपकी तस्वीर साथ लिए घूमते थे बचपन से ही। सुना है ये अपनी तोतली भाषा में आपको ऊना कहते थे। अहसान जो एक पिलर का सहारा लिए खड़े थे, अहसास को चुप कराने के लिए कुछ हिले-पर फिर ठहरे। जानते थे आज एहसास को कोई चुप नहीं करा पा रहा था। वो सभी का कच्चा चिठ्ठा खोलने पर उतारू था।

वह और संभल कर हमारी गोद में बैठ गया। वो अपने हाथ से हमारा चेहरा अपनी ओर कर रहे थे, ताकि हम बस उन्हीं से मुखातिब रहें और ध्यान से उनकी ही बात सुनें।

अब वह अपने पापा के बारे में बता रहे थे। ये पापा हैं ना बुत बने रह जाते हैं जब भी आपका ज़िक्र होता है। वैसे तो आपका

ज़िक्र रोज़ ही किसी ना किसी बात को लेकर होता ही है। आज वह बुत एहसास की ओर हैरत से देखकर मुस्कुरा सा दिया।

अहसास कभी अपने पापा के चेहरे पर आई मुस्कान को देखते फिर भाई के चेहरे पर आए रोश को फिर कुछ भी ना समझ पाकर मेरा चेहरा फिर अपनी ओर कर लिया।

आंटी पता नहीं सब लोग कैसे हैं? ये सब आपको जानते हैं पर कभी आपके पास गए नहीं, आपको बुलाया नहीं। बस अब देखिएगा हम आपको अब कहीं जाने नहीं देंगे ये हमारा वादा रहा, उन्होंने हमारे दोनों हाथ अपने हाथों में लेकर अपने गालों पर लगाए और फिर बारी बारी से हमारे दोनों हाथों पर अपने प्यार की मुहर लगा दी।

मैं हैरान थी इस बच्चे को क्या हो रहा है, पहली बार मिला है लगता है सदा से जानता हो, अभी लगभग दस वर्ष का ही तो है पर बातें ऐसी कर रहा है जैसे ये सबक रोज़ ही दुहराया जाता रहा हो। फिर उन्होंने गाल पर प्यार किया कहा, ल्यूना आंटी आप बहुत अच्छी हो अब हम आपको यहीं रखेंगे कही नहीं जाने देंगे और मुझे महसूस हुआ अहसान और नवाब साहब की निगाहों ने भी यही कहा है। यही किया है। जवाब में मैंने अहसास को अपने करीब खींचते हुए कहा आप सब भी बहुत अच्छे हो, पता नहीं कैसे मैं अब तक इतनी दूर रही। मैंने सच कहा था अपने मन की बात कह ही दी थी।

हम समझ नहीं पा रहे थे कि क्या कहें, क्या करें? अहसास अचानक हमारी गोद से उतरे दौड़कर एक ओर चले गए फिर उसी रफ्तार से आकर हमारे पास ही सोफे पर बैठे गए। उन्होंने अपने एक हाथ से हमारे दोनों हाथ थाम लिए थे। हम सर झुकाए

अहसान के बारे में सोच रहे थे जिन्हें हम चार साल का छोड़ कर गए थे। आज अपने पापा से भी ऊँचे निकल गये थे गबरू जवान, तन कर खड़े थे खयालों में डूबे।

अपनी कल्पना शक्ति में हमने इनको बढ़ते देखा है। इन सोलह वर्षों में हर साल इनके जन्म दिन का कार्ड लेते समय इनकी उम्र का हिसाब रख कर अपने खयाल ज़ाहिर किए थे। अब देखकर लग रहा है, ये कितने वयस्क और हमारे ख्याल कितने बौने।

हम यूँ ही ख्यालों में खोए रहते यदि एहसास ने हमें वर्तमान का अहसास ना करा दिया होता। शर्बत और नाश्ते से करीने से सजी ट्राली आ गई थी और अहसास अपने हाथों से हमें कुछ खिलाने का इसरार कर रहे थे। अब अहसान भी हमारे पास आकर बैठ गए थे और इस ज़र्रा नवाज़ी में शामिल हो गए थे। माशाअल्लाह हम उन्हें देखते ही रह गए कितना अपने पापा से रिसेम्बल करते हैं। नवाब साहब की सोलह वर्ष पहले की उम्र की झलक उनमें दिख रही थी।

अचानक हमें नवाब साहब का खयाल आया कि वह क्या कर रहे हैं। देखा वह भी हमारी ओर देखते हुए हमें कुछ खाने का इसरार कर रहे थे। चेहरे पर परिस्थितियों ने कुछ निशान, पड़ाव छोड़ रखे थे पर नज़र बिलकुल वही अपनी सी, असहाय और मज़बूर। हमने एक प्लेट लगा कर नवाब साहब को दी, अहसान को भी कहा कि वह भी कुछ ले और एहसास द्वारा लगाई प्लेट से हम उसे खिलाने और बातों में लग गए।

सबका ज़िक्र करने पर भी कोई एक और है जिसका ज़िक्र अभी तक नहीं किया गया था किसी के भी द्वारा। तभी हमने

देखा कि एक नर्स उन्हें व्हील चेयर पर हम सबकी ओर ही ला रही थी। वह इतनी बदली हुई लग रही थी कि हमें अपनी आँखों पर विश्वास ही नहीं हो पा रहा था।

हम अपने को सदमे और आघात की स्थिति से बाहर नहीं ला पा रहे थे। कैसे सामना करें इस स्थिति का? कैसे व्यवहार करें? हाँ उन्होंने भी हमें पहचान लिया था और पहली बार हमने देखा उनके चेहरे पर क्रोध की जगह मुस्कान थी। उस मुस्कान ने मेरा भय समाप्त कर दिया था और मैं स्वयं उठ गई उनका स्वागत करने को। अब मैंने उनकी व्हील चेयर संभाल ली थी। अब मैं उनके पीछे खड़ी थी मेरे सामने आश्वस्त चेहरा था नवाब साहब का, हैरान चेहरा था एहसास का और अहसान के चेहरे पर बेरूखी साफ साफ नज़र आ रही थी।

मेरे मन में बसा हुआ डर और पुरानी यादों की घुटन जाने कहाँ गायब हो गई थी। मैं पिछली बातों को भूल कर केवल वर्तमान में थी, और इस साफ दिल और दिमाग़ से भविष्य के विषय में सोचना कितना आसान लग रहा था। उनकी नर्स ने उनके लिए नाश्ते की प्लेट लगा ली थी, और हम सब ही चुपचाप कुछ न कुछ खा रहे थे।

एक मुस्कान में कितना जादू होता है। प्यार छलका सकती है, आदर भाव, अपनापन दिखा सकती है, कितनी असरदार हो सकती है, कितनी निर्मल और भोली। दिल की किताब खोल कर रख सकती है।

उनकी मुस्कान ने कह दिया था वह सब जो उनका मन कहना चाह रहा था। वह कह रही थी "माफ कर दो और पुरानी बातें भूल जाओ, देखो मैं तुम्हारे पास आ रही हूँ मेरा मन साफ है आज।"

वे शांत, निगाह झुकी, नर्स खिला रही थी, वे खा रही थीं उनकीं मुस्कान ने ही मेरे मन से उनका भय काफूर कर दिया था। उनकी उपस्थिति में भी मेरा मन शांत रह कर सही दिशा में सोच पा रहा था।

कुछ समय बाद एहसास ने ही समय का एहसास कराया। साँझ हो गई थी। रात के खाने का, टी.वी. देखने का समय, नवाब साहब का स्टडी रूम में जा कर अपनी कलम का जादू कागज़ों पर उतारने का समय, अहसान का टेनिस खेलने जाने का समय, उनके आराम का समय, सभी अपने अपने कार्यों में लग गए थे।

अहसास हमारा हाथ पकड़ कर हमें हमारे कमरे में ले गए, साफ सुथरा करीने से सजा कमरा, एक ओर मेज, उस पर लगी एक तस्वीर उसे देख कर मैं हैरान। अहसान के साथ में ली गई किसी फोटो में से निकाल कर एनलार्ज कराई गई थी। यह काम किसने किया होगा? नवाब साहब तो भला कैसे? बेगम साहब तो भला क्यों? एहसास के कराने का प्रश्न नहीं उठता तो क्या अहसान ने? तभी हमें अपने सारे सवालों के उत्तर मिल गए अहसास ने बताया ये उनकी अम्मी के कहने पर ही किया गया है और इसके पीछे एक ज़बरदस्त हादसा और लम्बी कहानी है। कुल मिलाकर कमरा हमें अपना सा लगा। अहसास हमें आराम करने को कह टी.वी. देखने चले गए। फिर एहसास ने ही हमें बताया कि डिनर टाइम हो गया है सभी इंतज़ार कर रहे हैं। बरसों बाद आज अपने घर में अपने कमरे में, शांत माहौल में दो घंटे सो गई थी आश्चर्य हो रहा था अपने ऊपर सोचने का वक्त नहीं था। डाइनिंग हॉल में गई खाना खाया, खिलाया भी, खाने की तारीफ भी की, माहौल हल्का था इसका श्रेय भी उसी मुस्कान को था जो उन्होंने अपने पास बैठने का इशारा करते समय दिखाई थी।

स्वीट डिश लेने के बाद उसी मीठे स्वर में अहसास ने ऐलान कर दिया कि नई जगह पर कहीं ल्यूना आंटी को डर ना लगे इसलिए बतौर बॉडी गार्ड वो हमारे कमरे में ही सोयेंगे अतः वो हमारे साथ हमारे कमरे में आ गए।

अब हम दोनों थे, हम दोनों अकेले थे। लग रहा था उनके पास हमें बताने को बहुत कुछ है। हम भी बहुत कुछ जानने को उत्सुक थे। काफी रात गए तक कभी सोफे पर बैठ कर, कभी बिस्तर पर बैठ कर हम दोनों बातें करते रहे और एक जगह पर हमने देखा कि वह हमारे ही बिस्तर पर हमारी कमर में हाथ डालकर बातें करते करते सो गए हैं। कितना भोलापन, कितना अपनापन, हम थोड़ी देर जागते रह कर उन्हें देखते रहे और फिर न जाने कब हमारी आँख लग गई। सवेरे हमारे जागने से पहले ही वह उठकर चले गए थे। हम नहा धोकर जब कमरे से बाहर आए तो देखा सब नाश्ते पर हमारा इंतज़ार कर रहे थे। नन्हें एहसास शरारती आँखों से हमें देखते हुए बोले- "अरे! आप तो बहुत देर तक सोती हैं!" अहसान तो बस सिर नींचा किए हमें ताकते रहे। मैडम के चेहरे पर फिर वही भोली मुस्कान और मैं खिंची हुई उन्हीं के साथ वाली कुर्सी पर जा बैठी। नाश्ता सलीके से सजा हुआ था और स्वादिष्ट; माहौल हल्का और अपनत्व भरा। कब एक घंटा गुजर गया पता ही नहीं चला।

कुछ ही दिनों में सबकी दिनचर्या का अनुमान लग गया था। पर आज तो रविवार था। फिर भी कुछ तो दिनचर्या थी ही, मैडम का आराम, नवाब साहब का नोवल लिखना, अहसान का अपनी पसंद के नोवेल पढ़ना और एहसास हज़रत अपने पसन्दीदा टी.वी. शो में व्यस्त। मैं किचन में गई पीछे एक छोटा सा किचन गार्डन। घर के आगे पूरी तरह सजा हुआ लॉन जहाँ काफी समय

गुज़ारा जा सकता था, अकेले भी किसी के साथ भी। थोड़ी ही देर में एहसास मियाँ हमें ढूँढते वहाँ आ पहुँचे। और बाद में अहसान भी चुपचाप आकर खड़े हो गए।

अहसास बेतकल्लुफी से पेश आ रहे थे, कभी खुद झूले पर झूलते, कभी हमें झुलाते पर अहसान, वह साथ थे भी, नहीं भी, वे विचारों में गुम रहते हमें देखते रहते पर कहते कुछ नहीं।

आज अचानक अहसान हमारे कमरे में आए हैं। सिर झुकाए आए और सिर झुकाए ही कुर्सी पर बैठ गए। इतनी लम्बी चुप्पी के बाद आज वह चुप्पी तोड़ने का इरादा बना बैठे हैं। वे क्या कहने जा रहे हैं, इसका मुझे इंतज़ार है पर अनुमान नहीं।

उनके हाव भाव, निगाहों के उतार चढ़ाव बता रहे हैं कि वह बड़ी उलझन में हैं। बात कहाँ से शुरू की जाए। पर मैंने इतने लम्बे वर्ष प्रतीक्षा की है, उनकी आवाज प्रत्यक्ष सुनने की, अब तो बस कुछ लम्हों की बात है। मैं उन्हें लगभग छः वर्ष का छोड़कर अचानक चली गई थी। आज उन्हें देख कर विश्वास ही नहीं हो पा रहा था कि वो नन्हें अहसान इतने बड़े हो गए हैं।

मैं सोच में डूबी थी कि बचपन से यौवन तक का सफर जो उन्होंने तय किया था उसमें कितने और कैसे कैसे पड़ाव आए। सभी कुछ सुनने को उत्सुक थी, और वह इतने लम्बे सफर को चन्द शब्दों में समेट रहे थे। उन्होंने सीधा मेरी आँखों में देखा और कहा, "ल्यूना तुम मेरे बिना कैसे जी पाई? मैं तो सिर्फ बड़ा हो गया हूँ जी तो नहीं पाया तुम्हारे बिना।"

मेरे ऊपर वज्र गिरा, ये संभावना तो नहीं थी कि वह उम्र का अंतर यूँ पार कर लेंगे और आज रू-ब-रू यूँ बेबाक होकर अपने अरमान हमारे सामने बिखेर देंगे।

हम क्या कहें? हम तो बस देखते ही रह गए उनकी आँखों में तैरती नमी को, जिसे उन्होंने अभी तक संजोकर रखा था। और अब भी बड़ी समझदारी से दिखा भी रहे थे और संजोए भी हुए थे। उनका दर्द टपकने को है पर वो टपकने भी नहीं दे रहे, हम अभी उम्र में इतने बड़े भी नहीं हुए कि उन्हें पहले की तरह बाहों में भर लें, पर वो इतने बड़े हो गए थे कि हमें अपनी बाहों में लेने का इरादा बना बैठे थे।

इतनी विचित्र दुविधा, इतनी अजीबो गरीब परिस्थिति। हमें रोमांच नाम मात्र नहीं था- किन्तु हम सुन्न हो रहे थे। इससे पहले कि हम अपने विचारों को शब्दों में ढाल पाते हम स्वयं को संभाल नहीं पाए। अपने भावावेश, इतने लम्बे समय तक के बंधे बाँध को संभालने में अपने को समर्थ नहीं रख पाए और लगभग लुढ़क ही जाते अगर आगे बढ़ कर उनकी मज़बूत बाहों ने हमें सँभाल ना लिया होता। उनके शब्दों और आँखों की नमी ने जो प्रभाव हमारे ऊपर किया था, उनका स्पर्श हमें छू भी नहीं पाया, हम संभल चुके थे। स्वयं को संयत करते हुए हमने उनका हाथ अपने हाथ में थाम लिया और कहा, "बेटा, तुम बैठो! अब हम ठीक महसूस कर रहे हैं, फिक्र की कोई बात नहीं है।"

हमारे दोनों हाथ, उनके हाथों में होती हुई हरकत, जो सीधे उनके दिल और दिमाग से बावास्ता थी, महसूस कर रहे थे। उनके भाव जितने ही कंपित थे हमारे हाथ, उतने ही स्थिर। उन्हें वास्तविकता का अहसास कराने के लिए यह ज़रूरी था, बहुत ज़रूरी था।

इंसान जब उनकी तरह यौवन तक पहुँचता है अपनी भावनाओं पर संयम रख पाना इतना सरल नहीं होता, परन्तु मेरी तरह प्रौढ़

अवस्था तक पहुँचते पहुँचते इतना संबल एकत्र कर लेता है कि स्वयं भी सधा रहे और दूसरे को भी थाम ले।

थोड़ी देर तक हम दोनों यूँ ही बैठे रहे बिना कुछ बोले, एक दूसरे का हाथ पकड़े। और इसी सम्पर्क से विचारों का इतना सशक्त आदान प्रदान हो गया था कि वह, अब संयत नज़र आ रहे थे।

उनकी झुकी उलझी निगाहें सहज हो गई थीं। उनके गर्दन का तनाव, माथे पर पड़ी शिकन और आँखों की नमी गायब हो गई थी। चेहरे पर कुछ भोले भाव उभरने लगे थे। मुझे ऐसा आभास होने लगा था। मैं लगातार अपनी निगाहें उनके चेहरे पर टिकाए थी और अपने मन का सारा, वर्षों का प्यार उनकी आँखों में उँडेल रही थी। हमारा भ्रम नहीं था यह। ऐसा होना संभव है, ऐसा हो रहा था, हाथों द्वारा, आँखों द्वारा। शब्दों की भला कहाँ आवश्यकता थी वहाँ, वर्षों के गिले शिकवे करने के लिए, अपने अपनत्व को दिखाने के लिए, अपनी मज़बूरी को समझाने के लिए और सब कुछ समझने के लिए। सीधे दिल से दिल का दरवाजा खुला था। आँखों के रास्ते, हाथों के स्पर्श द्वारा सब कुछ कहा जा चुका था। सुना जा चुका था तभी तो अचानक उनके चेहरे पर वही जानी पहचानी मुस्कान आ गई थी, बचपन की भोली सी मुस्कान मेरी जानी पहचानी मुस्कान।

उस मुस्कान ने जैसे सारे बंधन खोल दिए थे। हम दोनों हाथ पकड़े पकड़े ही खड़े हो गए थे। मेरी बाहों के घेरे अब इतने छोटे नहीं रह गये थे कि उसे अपने दायरे में घेर न पायें। उसने भी अपने हाथ हमारे कंधे पर रख दिए थे। बड़ी सांत्वना दी थी उन हाथों ने और अचानक उनकी आँखों से दो अनमोल आँसू टपक ही गए जिन्हें पोंछते हुए और उसी भोली मुस्कान के साथ

शर्माते से वह कमरे से बाहर चले गए। मेरा मन हल्का महसूस कर रहा था। उसके हाथों का स्पर्श और चेहरा अभी भी मेरी निगाहों के सामने था। उसके वो वर्षों से संजोये आँसू आज सारा दर्द धो गए थे। उसकी मुस्कान, आगे आने वाला समय खुशनुमा होगा, इसका एहसास करा गई थी।

'वर्किंग डे' को नाश्ते के बाद एहसास स्कूल और अहसान कॉलेज चले गए थे। मैं घूमते घूमते मैडम के कमरे की ओर चली गई थी। अलीशान तरीके से सजा कमरा। ये उनका स्टडी रूम था। किताबों से भरी बड़ी बड़ी अलमारियाँ; एक किताब कुर्सी के आगे लगे स्टैंड पर फिट की हुई थी, जिसे वो पढ़ने में मग्न थीं। ज़रूरत पड़ने पर सीधे हाथ से किताब का पन्ना पलट सकती थीं बाँया हाथ बस नाम भर के लिए हाथ में रह गया था।

मैं दरवाजे पर ठिठक कर खड़ी हो गई। वो चेयर पर बैठी थीं। नर्स एक अल्मारी में उनकी कैसेट्स, सी.डी. और एल्बम संजोकर लगा रही थी। जब से उन्हें 'पैरालिसिज अटैक' हुआ उनका लेफ्ट साइड काम नहीं कर पाता और वह स्पष्ट बोल भी नहीं पातीं थी और कम बोलना ही पसंद करती, पर नर्स समझदार है सब कुछ समझ जाती है और उनकी पसंद नापसंद का पूरा खयाल रखती है।

तो क्या हुआ अगर वह चल या बोल नहीं पातीं। वह सारा समय पढ़ने, सुनने में लगाती हैं। उनकी पसंद के नये ऑडियो वीडियो के सीडीज हैं,और जब कुछ कहने या बोलने को मन करे तो चेयर पर रखी गई डायरी में कुछ लिख देती हैं। यह पता नहीं कि वह अपनी डायरी किसी विशेष को पढ़ाने के लिए लिखती हैं या फिर लिख देती हैं बस।

अचानक मेरी खाँसी की आवाज़ होने पर उन्होंने मेरी ओर देखा और बस उसी प्यारी मुस्कान के बुलावे के साथ मैं खिंची चली गई। नर्स मेरे लिए पानी ले आई थी उन्होंने उसी मुस्कान के साथ पानी पीने का आग्रह किया। उनकी नज़रें पूछ रहीं थीं कोई असुविधा तो नहीं आराम से तो हूँ। मैं उनके प्रश्न जितने भी समझ पाई उत्तर देने लगी मैं हर प्रकार से सन्तुष्ट और अच्छे से हूँ यह जानकर वो सन्तुष्ट नज़र आईं।

अचानक मझे लगा मैं उनकी आवाज़ सुन रही हूँ। मैंने देखा उनके होंठ तो नहीं हिल रहे थे। मेरे कान उन्हीं की आवाज़ सुन रहे थे हाँ वही आवाज़, कर्कश आवाज़, व्यंग, वह तीखी डाँट और वे झूठे आरोप, कैसे भूल सकती हूँ सभी कुछ याद था। पर इस आवाज़ में कुछ था जो सब कुछ भुलाने को कह रहा था। आवाज़ साफ थी, एक एक शब्द स्पष्ट। ऐसा करिश्मा ना कभी देखा था ना सुना था। मैंने हैरानी छोड़ कर शब्दों पर ध्यान देना अधिक उचित समझा।

मैंने सुना ल्यूना हैरान मत हो, मैं ही बोल रही हूँ तुम्हीं से बोल रही हूँ। अच्छा किया तुम आ भी गई। पक्का विश्वास था तुम आओगी मुझे तुम्हारा ही इंतजार था और लो तुम आ गई। जितना मैं तुम्हें जानती थी उसी के अनुसार तुम्हारी सुख सुविधा का पूरा प्रबन्ध करा दिया है, कहीं असुविधा लगे तो स्वयं कहकर करा लेना। समझ रही हो ना। मैं क्या कह रहीं हूँ। मैंने उनका हाथ पकड़कर बस आश्वासन भरी निगाह से देखा। वही भोली मुस्कान उनके चेहरे पर फिर आ गई थी।

थोड़े अन्तराल के बाद वही आवाज़ फिर से सुनाई दे रही थी। ल्यूना मैं जानती थी कि पुराना सब कुछ जो भूल जाने योग्य है तुम भूल जाओगी। तुम्हारे पास बड़ा दिल है। तुम बड़े दिल की

मालकिन हो। अब इस घर की भी मालकिन बन जाओ। तुम हम सबको अपना लोगी ऐसा मेरा विश्वास है। इतने समय में तुमने देख लिया है, वह अहसान तो तुम्हारा है ही और देखो तो सही यह अहसास भी अब तुम्हारा ही है।

तुम्हें पता नहीं जब यह पैदा हुआ मेरी तबियत ठीक नहीं रहती थी मैं उसकी देख भाल नहीं कर पाई। उस समय तुम्हारी मुझे सख़्त ज़रूरत थी। पर तुम्हारा ना होना मेरे लिए सबसे बड़ी सज़ा थी। बचपन में अहसान तुम्हारे पास ही सोता था और अहसास को मेरे पास सोना नसीब नहीं हुआ। आवाज़ बन्द हो गई थी। अहसास का पहले ही दिन मेरे साथ रहना और उस प्रकार मेरे पास सोना मेरी समझ में आ गया था।

मेरा सर झुका था, आँखों से आँसू बह रहे थे। वो मेरी मन:स्थिति समझ गई थी। अब मैं अपनी डबडबाई आँखों से उन्हें देख भी नहीं पा रही थी। तभी लगा आवाज़ बन्द हो गई है।

वह थक गई थीं। लम्बी साँस खींच कर कमर व सिर कुर्सी के पीछे टिका दिया था। कुछ देर और वहाँ टिकने के बाद मैं अपने कमरे में लौट आई।

यह सब उन्होंने कब कब सोचा होगा कब कब अहसास किया होगा और कब रिकॉर्ड किया होगा। उन्हें उनके इस अहसास होने से अहसास का नाम अहसास होने का मुझे अच्छी तरह अहसास हो गया था।

*****

एक दिन घर में सभी लोग अधिक व्यस्त नज़र आ रहे थे। लगता था जैसे बहुत से मेहमान आने वाले हैं। मेरे लिए तो सभी अजनबी होंगे। सोलह वर्ष का एकाकी जीवन बिताने के बाद

इतनी चहल पहल में अपने को सहज नहीं रख पर रही थी। यद्यपि अकेले रहकर भी मैं सदा विचारों में इन्हीं सब के साथ रही थी। एहसास ने ही बताया था मैं यहाँ ना होते हुए भी हर समय सबके दिल और दिमाग में थी।

मैं अपने कमरे में आकर सुकून महसूस कर रही थी। आज के रौनक भरे माहौल में कैसे एडजस्ट कर पाऊँगी समझ में नहीं आ रहा था। तभी अहसान और अहसास दोनों कमरे में आए और उन्होंने जो बताया उससे मेरी परेशानी और बढ़ ही गई।

नबाब साहब की ऑटो-बायोग्राफी के लिए एक प्रेस कॉन्फ्रेंस बुलाई गई है। हज़ार सवाल मन में कौंघ गए। क्या नवाब साहब ने अपने जीवन की घटनाओं को शतप्रतिशत सच लिखा होगा? यदि हाँ तो? यदि नहीं तो? कैसा लगेगा मुझे मैं स्वयं ही अनुमान नहीं लगा पा रही थी।

इन सोलह वर्षों में नवाब साहब के कई उपन्यास मार्केट में आए और मैंने सभी को कई कई बार पढ़ा है। मन की गहराइयाँ छूने वाले पात्रों को गढ़ा है, जीवन के कितने ही नऐ आयाम ढूँढे हैं, जीवन के बदलते रंगों को समझना उनसे अधिक भला किसने सीखा होगा। अपनों को खोने का दुख एक बार नहीं, दो बार नहीं, आगे भी अधिक बार उन्होंने झेला है, उसको बयाँ करना उनके लिए बड़ी बात नहीं। पर अपने दुखों को किस तरतीब से संजोकर रखा है ये कमाल तो उन्होंने किया ही है।

आज का दिन किस नए अंदाज़ में गुज़रेगा, मैं ये सोचती ही रहती यदि मैडम मेरे कमरे में ना आ जातीं। वो एक नई ड्रैस लेकर आईं थीं और उसी मुस्कान के साथ उनका इसरार था कि मैं उसे पहन कर तैयार हो जाऊँ। जिस स्नेह भरीं आँखों से

उन्होंने ड्रैस पहनने के लिये कहा था इन्कार करने का तो प्रश्न ही नहीं था। मैं आने वाले हर पल का सामना करने के लिए वह ड्रैस पहनकर तैयार हो गई थी।

तभी मैंने एक पुराना जाना पहचाना चेहरा वहाँ देखा वो डॉ. लिज़ा थीं। वही धीर गंभीर पर आज कुछ अधिक चुस्त, कई कार्यों में व्यस्त पर समय निकाल कर दो शब्द कहने मेरे पास आई, "घबराने की कोई बात नहीं, बाकी बातें बाद में।" उनका सधा हुआ व्यवहार सोलह वर्षों का लम्बा अंतराल यूँ पार कर गया था जैसे वह समय कभी आया ही नहीं था।

शाम आ गई थी और घर में ढेर सारे मेहमान भी। लॉन में बहुत से मेरे अनजाने चेहरे, आपस में जाने पहचाने लग रहे थे। सभी खुश और उत्सुक थे उस आने वाले पल के लिए जिससे मैं बिलकुल अनभिज्ञ और अन्जान थी। एक ओर कुछ ऊँचा सा स्थान बनाया गया था। नवाब साहब के बैठने के लिए। कुछ और कुर्सियाँ भी थीं पास में न जाने कौन खास लोग होंगे जो वहाँ बैठेंगे।

अहसास बार बार हमारे पास आकर, कभी कमर में हाथ डालकर, कभी गाल छूकर, कभी कुछ कहकर कभी बिना कहे, बस शरारती और अपनत्व भरी निगाहों से देखकर अपने आस पास ही होने का एहसास करा रहे थे।

और अहसान ने तो उस दिन के किस्से के बाद नेक और सीधा साधा सरल लड़का बन कर हमें भी उस तनाव से उबार कर एक अच्छा खासा अहसान किया था हम पर, और आज वह जैसे सारे शो की जिम्मेवारी अपने ऊपर लेकर व्यस्त थे।

*****

भीड़ में हँसी के बाद सन्नाटा सा लगा परन्तु कुल शांति नहीं थी। कुछ लोग जैसे फुसफुसा कर बोल रहे थे! ऐसा लगा जैसे मैं स्वप्न से जाग रही हूँ- मुझे लगा अभी मैं नवाब साहब की ऑटोबायोग्राफी का एक अध्याय पढ़ने में व्यस्त थी।

मैं अचानक अपने विचारों से, निकलकर पार्टी में शामिल हो रही थी। स्टेज़ पर बैठे नवाब साहब, उनकी पत्नि स्पष्ट दिखाई देने लगे... अब वर्तमान की वास्तविकता से जुड़ने का प्रयास करने लगी... माहौल समझ आ गया था, सब कुछ साफ-साफ सुनाई देने लगा... तभी कोई मेरे सामने झुककर जो कुछ कह रहा था...

"खुली आँखों का जादू तो हमारा कैमरा पकड़ नहीं पाया- पर ये बन्द आँखें ही नवाब साहब की किताब के कवर पेज पर, भीतर की कहानी की सशक्त वक्ता होगी।"

■■■

अनमोल गुनाह

मैं माँ हूँ, मैंने बेटा खोया है, उन्होंने उसे ज़िंदा जला डाला है, ज़िन्दा। दुख सहा नहीं जा रहा। मन बगावत को करता है। किससे कहूं। क्या किसी की जान लेने से मुझे मेरा बेटा वापस मिल जायेगा? नहीं ना? कुछ ऐसा हो कि गुनहगार को सज़ा मिल जाए और मुझे मेरा बेटा। मैं जानती हूँ मेरे करे ऐसा नहीं हो सकता पर 'तू' कर सकता है, हाँ 'तू', 'तू' सब कर सकता है। इसी विश्वास के साथ तुझी से माँग रहीं हूँ 'तू' न्याय करेगा, मुझे न्याय चाहिये गुनहगार को सज़ा और मुझे मेरा बेटा।

रोते-रोते मैं घर में मंदिर के एक कोने में ही लुढ़क गई थी, झपकी लग गई थी या ध्यानस्थ हो गई थी। जब तन्द्रा टूटी तो स्वयं को स्वस्थ महसूस किया। मेरी सोच बदल गई थी। जिसे मैं इस सबके लिए ज़िम्मेदार ठहरा रही थी, मुझे उसी से मिलना था मिलना चाहिये। मैं बहुत ही सतर्कता से कदम उठाना चाहती थी।

मेरा दिमाग नए-नए विचारों के साथ बेचैनी से उधेड़ बुन में लगा था। आशा की एक किरन सी दिखाई देती थी, पर सबसे नज़रें बचा कर वहाँ तक पहुँचा कैसे जाए?

भगवान भी शायद मेरे इरादों से सहमत था। तभी तो एक कदम बढ़ा पाई किंतु सफलता आसानी से मिल जाये तो स्थाई नहीं होती और सफलता का ना मिलना इतना ही बताता है कि मंजिल मिली नहीं पर एक दिन मिलेगी ज़रूर हिम्मत हारने का तो प्रश्न ही नहीं उठता।

मैं परिस्थितियों को नये नज़रिये से देखने लगी। मैं अपने बेटे को जानती थी, समझती थी। अमर इरादों का पक्का था। वह किसी भी लड़की को पसंद करेगा, वो उसकी माँ को अवश्य पसंद आयेगी। पति की मृत्यु के बाद हम दोनों माँ बेटे की अंतरंगता बढ़ गई थी। सहज ही, सब कुछ, एक दूसरे का, एक दूसरे को पसंद आ जाता था।

वह कहा करता था कि वह मुझे एक सरप्राइज़ देने वाला है। एक्साइटमेंट में वह बाहर अधिक समय देता और घर में कम। मेरा अनुमान सही था, कालेज की ही लड़की थी वह, मैं चकित थी, मेरा बेटा, बच्चा, कब इतना बड़ा हो गया। अपनी पसंद चुनकर विवाह करने की सोचने लगा। फिर वह कुछ परेशान उलझा-उलझा घर आता था। कभी कुछ बताना चाहता था, कभी बहुत कुछ छुपाना चाहता था जैसा उसका हाल हो जाता। उसके मन के डर को छुपाने में वह असमर्थ था। सो मैंने ही पूछा था, "बेटे, समस्या क्या है तुम तो जानते हो ना हर हाल में तुम्हारे साथ ही खड़ी रहूँगी, तुम बताओ तो सही।" सुनकर उसका बाँध टूट गया था। जो कुछ मिला जुला कर मैं समझ पाई थी वो ये कि वह आंतरिक तौर से परेशान था कहीं, और बात संभाल नहीं पा रहा था।

मुझे उस लड़की का पता लगाना ही होगा। उसके लिए कुछ भी करना पड़े। मैंने एक नए डिज़ाइन की रिक्शा में बैठ कर पुराने कपड़ों के बदले नए स्टील के बर्तन देने का काम शुरू किया, किसी घर के आगे रुककर कभी रिक्शावाला, कभी मैं घंटी बजाते। कभी घर से नौकर निकल कर आता कभी मालकिन। कभी काम बनता कभी नहीं। पर जिस विशेष कार्य

के लिए यह रूप धरा था वह अभी तक नहीं हो पाया था। मन अधीर होता पर मन को समझाया जाता।

कुछ दिन बाद नया रूप धरकर निकली। साथ में वही रिक्शावाला। कभी मैं घर का दरवाजा खटखटाती कभी वो घंटी बजाता। एक घर से एक परेशान सी महिला निकली। भीतर से एक आवाज़ आई हम पहले ही परेशान हैं अब ये कौन आ गया परेशान करने। मैंने कहा, "घर के काम काज की चीज़ें बेचती हूँ। एक दुखियारी हूँ हालात की मारी हूँ, कुछ खरीद लोगी तो उपकार होगा।"

मैंने जल्दी-जल्दी अपना सामान खोलना शुरू किया। वह महिला सामान देखने लगी पर मैं तो कुछ और ही खोजने निकली थी, जो वहाँ भी दिखाई नहीं दिया। मैंने खाँसते हुए कहा- "क्या ज़रा सा पानी मिलेगा?"

महिला ने आवाज़ लगाई, "ज़रा एक गिलास पानी तो लाना।" अपनी जिज्ञासा को रोकते हुए गिलास को सिर झुका कर ले लिया, पर थोड़ा पानी पीकर वापस थमाने के लिए निगाह ऊपर की। 19-20 साल की सुन्दर सी लड़की खड़ी थी उदास बहुत बहुत उदास। गिलास लेकर वह चली गई रुकी नहीं। मैंने वे आँखें ध्यान से देखीं थीं। वो आँखें मेरी आँखों के सामने से हट नहीं पा रहीं अभी भी।

मैंने बातों बातों में पता किया कि उन्हें और क्या-क्या सामान की आवश्यकता है और फिर से आने का आश्वासन दिया। अब योजना नई बनानी थी सोचने में थोड़ा समय लगा।

मैं अपने नये ऑफिस में बैठी थी। अनाथालय और नारी निकेतन का मिला जुला ऑफिस समाज से प्रताड़ित लड़कियाँ,

महिलाएँ अपनी अपनी समस्याओं से घिरी उनके समाधान के लिए वहाँ आती हैं। कुछ को समाधान कुछ ही समय में मिल जाता है, कुछ को रह जाना पड़ता है, सदैव के लिए।

मैंने उस परिवार की हर हरकत पर पहरा लगा दिया था। वह आई थी अपनी माँ के साथ जहाँ मैं एक नये वेष में पहले ही उपस्थित थी। मैंने उसे पहचान लिया था, पर वह कैसे पहचानती। कहाँ घर घर सामान बेचने वाली और कहाँ संस्था की हैड के रूप में बैठी मैं।

मुझे धैर्य के साथ एक सुनियोजित योजना के अनुसार काम करना था। मेरे पास समय कम था अभी तो मुझे उसके मन का भी नहीं पता था, कि वह क्या चाहती है?

*****

आज मैं अपूर्वा से कह रही थी पच्चीस वर्ष पुरानी बात और वह जड़ बनी बैठी थी। कोई उत्सुकता, प्रसन्नता या खिन्नता के भाव उसके चेहरे पर नहीं थे। वह सोच में डूबी अतीत के पच्चीस वर्ष पूर्व जा पहुँची थी। मैंने उससे कहा था, बेटी, मैंने तुमको एक सच्चा सत्य बता दिया है। अब तुम सोचो तुम्हें क्या और कैसे करना है। मुझे विश्वास है तुम्हारा निश्चय उचित ही होगा।

मैने तुम्हें बताया था कि मेरा बेटा एक अनहोनी और अचानक दुर्घटना का शिकार हो गया था और उन्हीं की यह संतान है जो मेरी वंश बेल चलायेगा। मेरा 'अपार' मेरी अपार सम्पत्ति का वारिस होगा। उसने तो अपने माँ बाप को देखा नहीं। मैंने ही उसके लिए माता-पिता दोनों का रोल निभाया है। इसीलिये वह मुझे बड़ी माँ कहता है।

बेटे की दुर्घटना के समय मैं टूट कर बिखरने लगी थी। वही तो मेरे विधवा एकाकी जीवन का सहारा था मेरे जीवन में। प्रभु के आशीर्वाद से मुझे नया जीवन मिला। नए तरीके से जीवन जीने के लिये ये पच्चीस वर्ष मिले थे। प्रभु की मुझ पर अपार कृपा थी सो मैंने उसका नाम भी 'अपार' ही रख लिया था।

उसके बचपन की देखरेख गर्वनैस ने की। उसकी देख भाल मेरे विचारों के अनुसार ही हुई थी। मैंने अपने बेटे का बचपन दुबारा से जिया था। जब जब मैं अपार के व्यवहार में अपने बेटे के रूप की झलक पाती स्वयं को धन्य समझती। और आज देखो वह बिलकुल मेरे बेटे जैसा ही तो दिखता है भला यह बात क्या तुमको बताने की है? इसी उम्र में ही तो तुम उसे मिली थीं।

किसी को नहीं मालूम कि मेरे बेटे को मार कर जला दिया गया था, या जला कर मार दिया गया था। दोनों ही हालात में मैं अपना बेटा खो चुकी थी। किसी को भी भला क्या फर्क पड़ता था? पर मेरे मन को पड़ा था। तभी तो बदला लेने के लिए मन में आक्रोश उठा था। पर मैं अकेली औरत समाज के ठेकेदारों से किस प्रकार बदला ले पाती। मैंने सोच समझ कर ऐसे प्लान बनाये जो साधारणतया कोई नहीं बनाता। प्रांरभ में छोटे मोटे प्रयत्न मैं स्वयं ही करती रही पर शीघ्र ही मुझे समझ आ गया कि मैं, अकेले ये कार्य नहीं कर पाऊँगी इसलिये एक बहुत ही शातिर डिटेक्टिव एजेंसी को संपर्क किया और बाकी कार्य उसी के तेज दिमाग का करिश्मा है जो इन वर्षों में हालात कहाँ से कहाँ पहुँच गए।

हाँ, अब तुम्हें सब कुछ बताने का समय आ गया है। कैसे किसी ने मेरे साथ अन्याय किया था। उस असहनीय परिस्थिति में पहले तो मेरे मन में बदले की भावना भर गई थी पर शीघ्र

ही किसी दैविक शक्ति ने एक सुझाव दिया था, उसी आधार पर मैंने प्रत्येक कदम उठाया था। आज मेरी प्रार्थना पूरी हो गई है।

मुझे मेरा बेटा वापस मिल गया है और गुनहगारों को उचित सज़ा। हम दोनों को ही लम्बी प्रतीक्षा करनी पड़ी। पर प्रतीक्षा का ऐसा सुन्दर फल मिलेगा इसकी कल्पना मैं कहाँ कर पाई थी। आज मेरा अन्त निकट है पर मैं सन्तुष्ट हूँ प्रभु की हर कृपा से, न्याय से, हर दंड से।

बेटी, तुम मुझे क्षमा कर दोगी, ऐसा मुझे विश्वास है। मैं तो प्रभु कृपा की आभारी हूँ, मुझे मेरा बेटा वापस मिल गया है। गुनहगार को उसके किए की सज़ा मिल चुकी है।

अब ये सत्य तुम्हें सौंप रही हूँ। वो सत्य जो मैने झेले थे, एकत्र किए थे, संजो कर रखे थे, और छुपा कर रखे थे, अपनी खातिर, तुम्हारी खातिर।

हाँ बेटी, तुमने अपनी इच्छा के अनुसार ही उस समय निर्णय लिया होगा। तुम उस परिस्थिति से छुटकारा पाना चाहती थीं। तुम उसे अपनी भूल नहीं मानती थी पर समाज की निगाहों में वह एक 'गुनाह' ही था। तुम एक बिन ब्याही माँ का जीवन नहीं जीना चाहती थीं। तुम स्वयं को भी और अपनी सन्तान को भी ऐसी परिस्थिति से बचाना चाहती थी। मैं तुम्हारे निर्णय और इरादे से पूर्णतया सहमत थी। मैं ही वह शिशु नारी निकेतन से लेकर यहाँ आ गई थी और इस समाज में उसका उचित स्थान, हक़, जिसका वह हक़दार था, देने का भरसक और सफल प्रयत्न किया था। परिणाम तुम्हारे सामने है, तुम्हारा अपार तुम्हारे पास है। तुम्हीं को सौंप रही हूँ, तुम्हारे अपार और अब उसके परिवार को। तुम्हारा उस पर पूरा अधिकार है। प्यार से भी और कानून से भी। तुम्हारी

ही इच्छानुसार मैंने अपार को कभी नहीं बताया कि तुम कौन हो। 'माँ' होने पर भी वह तुमको केवल "माँ सी" ही कहता है। तुमने अपनी लगन, मेहनत और विश्वास से समाज में अपना स्थान बनाया है। प्यार देकर और ज़िम्मेदारियाँ संभाल कर इस परिवार में पूरा अधिकार पाया है। ये सब करने में यदि मुझसे कहीं भूल हो गई हो तो बेटी मुझे क्षमा कर देना। इस ओर से मैं निश्चिंत हूँ कि अपार, उसकी पत्नी तथा उसका परिवार तुम्हें सदा हृदय से अपना समझते रहेंगे। तुम्हारा सम्मान समाज में और इस परिवार में सदैव रहेगा। यह सब तुम्हारे उस समय के निर्णय और जीवन भर 'अमर' के प्रति सच्चे प्यार का पारितोषिक है। जैसे मैंने यह राज़, वह गुनाह नहीं वरन 'अनमोल गुनाह' को राज़ बना कर रखा है तुम भी उसे अपने मन में ही सीमित रखोगी। अपनी मान मर्यादा, प्यार, सुख और सम्मान जिसकी तुम पूरी तरह हकदार हो संभाल कर रखोगी। इस सत्य को विधि का विधान मान कर ही सहन करना होगा। ईश्वर के प्रति कृतज्ञ होना होगा।

पच्चीस वर्ष पहले तुम कंगाल हो गई थीं। तुमने अपना प्यार खोया था और दुलार को समाज के डर से स्वयं ही कहीं छोड़ आई थी। आज वह दुलार तुमको पूरे परिवार के साथ ब्याज सहित वापस मिला है।

हाँ, प्यार, वह नहीं मिल पाया परन्तु उसके सारे अधिकार इस परिवार में तुमने पाए हैं। दोनों ही संजोकर रखना, यही मेरा आशीर्वाद है।

मैं तुम्हारे माता-पिता से बहुत नाराज़ थी और उसी मन:स्थिति में गुनहगारों के लिए सज़ा माँग बैठी थी। उन्होंने मेरे बेटे के साथ तुम्हारे विवाह का विरोध किया था, तुम्हारे भाई ने वह जघन्य कार्य करवा कर उसे मार डाला था। आज तुम्हारा भाई आजीवन

कारागार में है। तुम अपने माता पिता को छोड़ कर चली आईं। वो पश्चाताप भरा एकाकी जीवन काट रहे हैं। आज मेरे मन में किसी के लिए कोई कलुष नहीं।

मुझे जब अपने डिटेक्टिव से पता चला कि तुम स्वयं अपने भाई और माता पिता को क्षमा नहीं कर पाई हो। उन्हें छोड़ कर स्वतंत्र जीवन बनाने का इरादा बना बैठी हो। ईश्वर की कृपा से तुम मेरे सम्पर्क में आ गईं। भरपूर प्रयत्न करके मैंने तुम्हारी पढ़ाई का पूरा प्रबन्ध करा दिया। मैं मन ही मन तुम्हें प्यार करने लगी और तुममें मुझे अपनी संतान नज़र आने लगी तुम्हीं में मुझे अपार की सुरक्षा नज़र आने लगी। हर ताना बाना मैंने बुना इस संसार को रचाने के लिए। हर क़दम पर प्रभु की कृपा रही, हर कदम पर तुम खरी उतरीं और मेरे मन की गहराइयों तक पहुँचती रहीं।

जब जब अपार का कोई व्यवहार मुझे अपने बेटे की याद दिलाता मेरा ध्यान बस तुम्हारी ओर जाता। अपार की जो हरकतें मुझे सुख प्रदान करतीं तुम्हें उलझन और उदासी। स्वयं को तुम्हारी परिस्थिति में रख कर सोचने में अपने को असमर्थ, असहाय पाती हूँ। सुख-दुख का ये मिश्रण कल्पना से परे की बात है पर तुम यह जीवन प्रतिपल जीती हो और आगे भी जीना होगा। बेटी, पर समय सबसे असरदार मरहम है समय के द्वारा दिए गए जख्मों को भरने के लिए।

एक दिन जब तुम मेरी उम्र तक पहुँचोगी और अपार के बेटे में भी मेरे को देख पाओगी तो मेरी ही तरह पहला गम कम महसूस करोगी। यह मेरा दूसरा आशीर्वाद है तुम्हारे लिए।

बेटी, मैंने कभी भी तुम्हें अपने परिवार को भूलने को नहीं कहा। तुम स्वयं ही सबको छोड़कर अलग आ गई थीं। अतीत की यादों के बारे में तुमने कभी कोई बात नहीं की। मन की

कड़वाहट को मन में ही रोके रखा। आज इतना कहूँगी यद्यपि कुछ भी भूला नहीं जाता, फिर भी बस मन की कड़वाहट समाप्त कर देना।

आज तुमने वो सब पाया है जिस अधिकार की स्वामिनी तुम्हें होना था। तुमने अमर के प्यार के प्रति पूरी वफादारी की। तुमने मेरे दिल में स्थान बना लिया। आज मेरे पास जो कुछ है सब तुम्हारा है संजो कर रखना। मेरी उम्र तक आते आते माता-पिता के प्रति कड़वाहट स्वयं ही समाप्त हो जाएगी। फिर से दुहराती हूँ जो सच्चाई समय के साथ आज तुम समझ गई हो मैंने तुम्हें उस समय नहीं बताई। कारण रहा तुम्हारी वह उम्र। उस उम्र में शायद तुम इस सच्चाई से प्रभावित होकर अपार के लिए कर्तव्य से अधिक भावना को महत्व देने लगतीं, वह भावुकता तुम्हारी तपस्या को भंग कर देती। जिस सामाजिक सम्मान के लिए तुमने अकेले जीने का इरादा बना लिया था उसे पूरा करने में बाधक बन सकता था। साथ ही साथ अपार एवं उसके परिवार के लिये, हाँ मेरे और तुम्हारे वंश की मान मर्यादा के भी आड़े आ जाता, यह भी तो तुम्हारी ही तपस्या रही थी।

आज इस अवस्था में तुम परिपक्व हो चुकी हो। सब कुछ सह पाओगी। मेरी तरह सह जाओगी। ये सब बातें कहने की नहीं, बल्कि, सहने की होती हैं। जानती हो 'कह' शब्द में हिन्दी वर्णमाला के सारे अक्षर 'क' से 'ह' तक आ जाते हैं। कितना भी कह लो, कितने भी तरीके से कह लो, मन की पीड़ा और कसक कम नहीं होती। जब कि 'सह' शब्द में केवल दो अक्षर जो वर्ण माला के अंत में साथ साथ ही रहते हैं यही सहल हैं 'सहना'। इसलिये बेटी 'सह' लेना। 'कह' कर दर्द का मोल कम ना करना कहने से भला क्या लाभ?

आंटी की आवाज़ धींमी होने लगी थी। उन्होंने अपने जीवन के आखिरी पड़ाव का समय यह ही क्यों चुना था पहले मैं, समझ नहीं पाई थी पर अब समझ आ रहा था। मैंनें देखा डॉ. के ओदेशानुसार सही कानूनी सलाह, पारिवारिक वकील और ट्रस्टी सभी आ गए थे। अपार को भी बुला लिया गया था। आंटी ने सबके सामने अपने पूरे होशो हवास में अपनी अंतिम इच्छा लिखवा कर हस्ताक्षर किए थे।

जीवन के अतीत के जो रहस्य वह रहस्य ही रखना चाहती थीं वह मुझे बताने के लिए उन्होंने पूरा एकान्त चुना था और भविष्य की पूरी योजना बताने के लिए उन्होंने अपने इर्द गिर्द भीड़ एकत्र कर ली थी। कैसा था उनका डिटेक्टिव विभाग, कैसी थी उनकी योजना, मेरी समझ से सब कुछ परे था।

अब तक अपार भी वापस आ गया था। एक हाथ से उन्होंने मुझे थाम रखा था दूसरे में अपार को। अब वह कठिनाई से बोल पा रहीं थीं। परन्तु बड़ी आसानी से उन्होंने हम दोनों के हाथ एक दूसरे के हाथ में थमा दिए थे सभी के सामने।

काश! समय ने उन्हें अवसर दिया होता, मुझे पूरा विश्वास है अग्नि को साक्षी करके इसी प्रकार वह अमर और मेरा हाथ भी एक दूसरे को थमाने में पीछे नहीं रहतीं।

यह समय शायद मेरे लिए चुप रहने का ही था। मैं उन्हें इस अंतिम बेला में अपार और सबके सामने भला, कैसे बता सकती थी कि जिसे उन्होंने 'अनमोल गुनाह' कहा था वही तो हमारे लिए आँटी की योजना और प्रभु कृपा से 'अनमोल वरदान' बन गया था।

■■■

डॉ. दया संघल

BDS, MDS, K.G.M.C., Lucknow

ई-मेल: sanghal_vk@hotmail.com, dayasanghal@gmail.com

कुछ लेखिका के बारे में

जन्म मेरठ शहर में हुआ, स्कूली शिक्षा भी मेरठ में ही पूरी करके डेन्टल सर्जन बनी K.G.M.C. लखनऊ से। दो वर्ष लखनऊ में ही अध्यापन का कार्य किया, तत्पश्चात लेडी हार्डिंग मेडिकल कॉलिज देहली में 23 वर्ष अध्यापन कार्य किया।

1993 में वालेन्ट्री रिटायरमेंट लेकर प्राइवेट प्रैक्टिस आरम्भ की, साथ ही अन्य प्राइवेट डेन्टल कालिज में विभिन्न पदों पर कार्य-भार संभाला। 2005 में प्रिंसिपल पद से रिटायर हुई। उसके बाद अपनी प्राइवेट प्रैक्टिस में व्यस्त हूँ।

इसी वर्ष वीमन्स डेन्टल काउंसिल द्वारा वरिष्ठ डेन्टल सर्जन कार्य के लिए सम्मानित किया।

सपनों के झरोखों से

डॉ. दया संघल
BDS, MDS, K.G.M.C., Lucknow

सुझाव और अनुभूतियों के लिए
आप लेखक को निम्नलिखित पते पर
सम्पर्क कर सकते हैं -
ई-मेल: sanghal_vk@hotmail.com,
dayasanghal@gmail.com
पता: 114, डॉक्टर्स अपार्टमैन्ट
वसुन्धरा एन्क्लेव ए, दिल्ली 110096

www.ingramcontent.com/pod-product-compliance
Lightning Source LLC
LaVergne TN
LVHW060625051026
849519LV00002B/764

* 9 7 8 9 3 8 8 3 0 4 5 4 2 *